停雲詩友選集

汪中
羅尚
陳新雄
張以仁
邱燮友
陳滿銘
杜松柏
尤信雄
沈秋雄
張夢機
傅武光
文幸福
合著

停雲詩友選集序

夫志動於中，則歌詠外發，比興相因，風雅攸繫。先民觸景情生，謳謠紛發。詩三百篇，大抵皆聖賢發憤所為作也。民國中期，大盜竊國，避難之民，棲遲海島，家國興亡之思，身世飄零之感，得無動於中乎！故志士仁人，心有所念，情隨景生，思出胸臆，發為歌詩，律中玄管，低昂合節，高言妙句，音韻天成，不加搜取，將隨物化，豈不惜哉！

民國六十八年，汪公雨盦、羅公戎庵、張君夢機相聚而議曰：詩思如潮，相互激蕩，其勢乃大，其聲始宏。因邀集同好組成停雲詩社，其與會者，除三君之外，先後入社者有陳新雄、婁良樂、黃永武、杜松柏、尤信雄、沈秋雄、陳文華、顏昆陽、文幸福、張以仁、邱燮友、陳滿銘諸人，組成停雲詩社。停雲結社，月試一課，古近體詩，皆須練習，余入社前，未寫古詩，自入社後，古風近體，兩不可缺，二十年來，未嘗間斷，鍛鍊之功，績效至顯。社中諸彥，除老碩外，其餘社友，亦若余狀，吟誦不斷，家積卷帙，人存詩冊。雨盦社長因而提議，同社詩友，各選佳作如干首，彙為一冊，題曰《停雲詩友選集》。創社諸人，或病或衰。文君幸福，職承幹事，以余入社既久，復司監察，自始至終，未嘗間斷，久識終始，社務推行，詩歌習作，廿載情由，了然於心，因囑撰述序言，以闡明斯集編寫之旨趣，義所難卻，故述其編撰之緣起如此，斯為序。

陳新雄　序於臺北鍥不舍齋

中華民國九十五年五月十三日

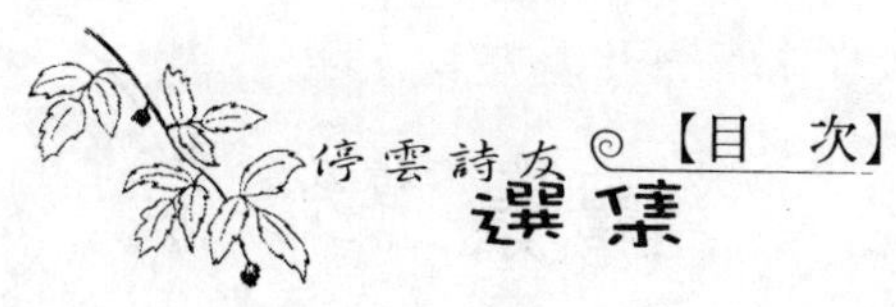

目次

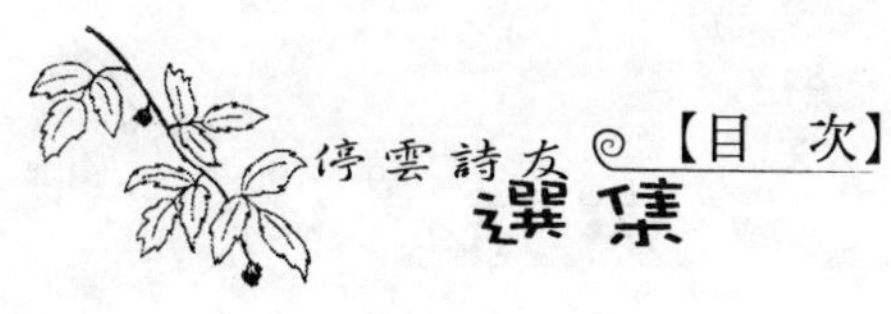
停雲詩友
選集
【目次】

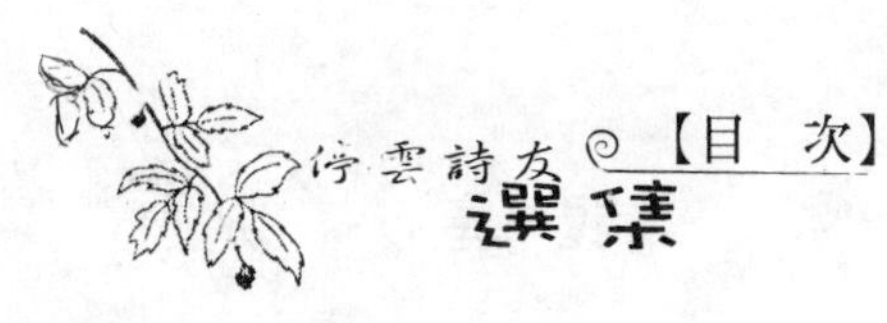

【目 次】

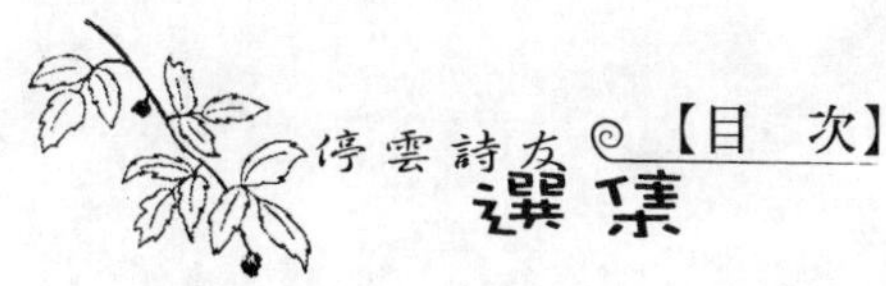

【目　次】

汪中

字履安，別署雨盦、雨公，一九二六年生，安徽桐城人。歷任臺灣師範大學、臺灣大學、東海大學、輔仁大學教授，南韓外國語大學、高麗大學客座教授。現已退休。著有《詩經朱傳斠詮》、《詩品注》、《宋詞三百首注》、《雨盦和陶詩》、《儒城雜詩》、《雨盦書翰集》、《雨盦書法集》、《雨盦書札》等。

揚州絕句十二首

舊說雷塘有釣台，蕪城賦罷劫成灰。水青雲白縈回際，何事腰纏萬貫來。

隋煬帝葬揚州，雷塘旁有釣台。鮑照蕪城賦詠亂後事。南朝殷芸小說：腰纏十萬貫，騎鶴上揚州。

十里珠簾豆蔻梢，司勳年少絕嬌嬈。窺江胡馬蕭條甚，疲盡楊枝與細腰。

杜牧之詩多詠揚州，至姜夔詞：胡馬窺江，難賦深情，則荒蕪者久矣。

平山闌檻會群賢，太守風流古所傳。山色有無人事改，波心皓月盪清圓。

平山堂，六一翁所築以宴賓客。有詞云：平山闌檻倚晴空，山色有無中。余登平山堂，有翁石刻畫象，儼然大儒氣象。

涪翁最憶在揚州，芍藥梢頭繭栗抽。詩好天然真欲死，烏絲紅袖劇風流。

山谷詩云：淮南二十四橋月，馬上時時夢見之。想得揚州年最少，正園紅袖寫烏絲。杜

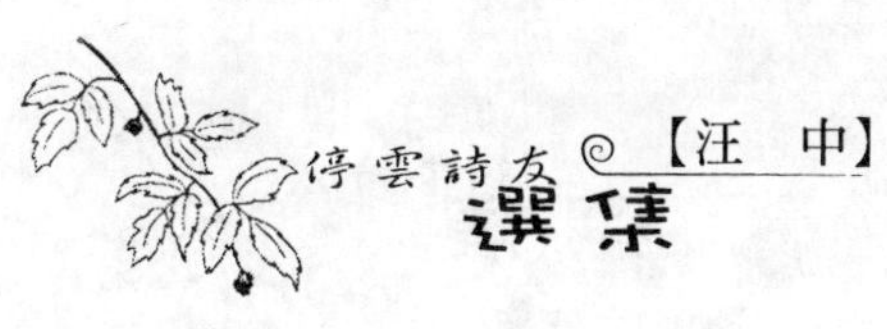

詩：不是愛花即欲死，愛詩亦即欲死耶。

刊書剩此見靈光，景印終輸喻麋香。淮海少年天下士，樓臺霧失斷人腸。

揚州猶存宇內僅有刻書處，余得彊邨本淮海集均已無墨香。東坡最賞踏莎行「霧失樓台，月迷津渡」一闋。

盤紆壁上蛟龍走，斗大心經字之珠。一代布衣窮且老，枉他暖暖與姝姝。

蜀岡中峰大明寺東壁有鄧石如篆書心經石刻，余購拓本，高價五百元。想不如潦倒京華，又安知有今日耶？

廿四橋邊廿四風，憑闌馳想吉金農。愛他妙華刊詩集，柳絮飛來片片紅。

揚州畫人金農書畫皆工，鹽商以飛紅二字行酒令，有云：柳絮飛來片片紅。令人絕倒。金乃哦：夕陽返照桃花渡，柳絮飛來片片紅。真點石成金矣。聞手書詩集刊行，今不得知，深為憾耳。

復堂水墨劇淋漓，裂畫心情事可悲。出郭此間堪歇腳，蕭條猶恨不同時。

李復堂賣畫揚州，極為窘困，自裂其畫。板橋過其居止，題云：出郭此間堪歇腳，登樓一望正開懷。知臺靜老歇腳庵有自來矣。

春風畫竹竹西亭，尚見淮南一片青。都是板橋留粉本，遠山含笑絕娉婷。

可人也。
鄭板橋畫竹多取月影紙窗，家書之隔岸春山幾欲渡江而來，以為文章不當如此耶！此公真

傾蓋相逢卞孝萱，江都風物足流連。吾家述學翁狂甚，難問孤墳蔓草煙。

去歲南京開唐代文學國際會議，得識揚州卞教授孝萱，為言江都舊事，而容甫先生埋骨之所，亦不暇展謁矣。

綠楊城郭自逶迤，白鳥朱荷畫舫遲。林木依然似畫圖，令人長憶衍波詞。

王漁洋浣溪沙：綠楊城郭是揚州。又云：白馬朱荷引畫橈。傳誦一時。陳廷焯以為綠楊七字江淮間取作畫圖，茗雅尤勝五代人。

名都淮左瘦西湖，映水亭亭盡白蕖。此是帝王昭幸地，欣然喜色照閭閻。

孟子云：百姓皆欣欣然而有喜色。

壽伯元兄六十

酒邊風義鬱孤生，學術西江有重名。經訓山成翠浪涌，詩篇水匯玉虹清。
春風花發皆添壽，茶雨松脂好析酲。縞紵裁冰傳幼婦，相看擲地作金聲。

東坡鬱孤臺詩：山為翠浪涌水作玉虹流

游臺中北屯文昌廟

東風染綠北屯郵，花氣薰人欲斷魂。道旁童子背書袋，正逢放學日黃昏。
行經中庭循石經，柚子花香老桂園。楊桃葉大雨水足，雞鳴繞樹欣春溫。
草荒積穢無人理，野卉生姸牆留瞰。偶爾來遊意未足，返身細省聯在門。
同治撰書宜教化，但先器識更何言。歸來三復意義重，月傾西闌共傾尊。

文昌廟同治辛未林宗衡聯：文章本道義為根，先資器識；炳烺萃彬雅之士，共荷栽培。

金陵懷古八首

行到青溪舊板橋，媚香閣子最魂銷。樓前不盡秦淮水，日夜潺湲送六朝。

雞鳴古寺倚山閣，石磴崔嵬長綠苔。佇立鐘樓最高處，繡襦碌口翠華來。

棲霞秋色正淒迷，造象峨峨捫舊題。名籍至今誰記省，雲山深處有丹梯。

白下有山皆繞郭，青丘名句久低回。我來常向高城望，牛首巍然鬱草萊。

又見樓船下益州，驚濤駭浪古城愁。蔣山黯澹秋蕭瑟，一憑荒砧隱石頭。

黯然王氣已堪傷，豪蕩清音愛董娘。一自江南花落了，蜀山杜宇亦淒涼。

一代才人量守廬，吾家容父亦傭書。可憐異代蕭條甚，聯句翩翩詠溪湖。

晚近書人高二適，蒼然章草豁吾襟。蘭亭修竹和風暢，懸想山陰絕世音。

西湖感舊八首

孤山寺北賈亭西，難向西泠覓舊題。芳草有情楊柳岸，行人都到白沙隄。

湖水漣漪與岸齊，參差新燕啄春泥。舊巢可得常相保，斷壁頹垣望欲迷。

印社西泠有舊樓，八家先後騁驊騮。居然完白留遺象，金石原能共一丘。

山谷何妨無外家，誰為輓父母堪嗟。桃花紅白都成樹，龍井前頭好喫茶。

余外家杭州，今不可辨。

望湖樓下水如天，髯與參寥好結緣。渡口西興餘夕照，花開花落總年年。

岳鄂王墳尚有園，陸公維釗聯翰勢騰鯤。無端怒髮衝冠曲，真偽紛紛不憚煩。

湖山晴好畫圖開，山北難尋處士梅。吟到橫斜疏影句，尚能髣髴鶴歸來。

飛來靈鷲多神窟，造象莊嚴五代前。古寺虛廊好憩息，愛他妙墨走蛟騫。

餐廳有隸書聯，蒼勁不知何人作。

羅尚

號戎庵，四川宜賓人，民國十二年冬月生。丁壯之年，從軍抗日，轉戰西南，遠征緬甸印度。一九四九年秋來台，任職黨政機關，至總統府參議退休。中間曾任《大華晚報》古典詩專欄主編，《中外雜誌》中外詩壇主編。二十世紀所作古近體五七詩略三千首，古文駢文若干篇，由高雄宏文圖書公司出版發行。二十一世紀所作詩文，尚待出版。

送雨庵社長南韓講學

大遂雞林願，中朝白傳來。傳經開講舍，造士得奇材。若見銀堆雪，當持酒滿杯。新詩題髮紙，墨寶出書魁。

送孟遠同社南韓講學

晴宵帳飲淡江濱，此去俱然萬里春。樸學湘鄉曾冠代，儒流韓國盛迎賓。可能尚白仍殷俗，正要明騷問楚人。若見子良煩寄語，文山草色已回新。

送永武同社遊美國

芳樽祖帳對秋華，此去真浮八月槎，濁酒餞行原小別，壯遊觀物是全家。詩壇點將常同座，學院抽身喜及瓜。靄靄停雲回首處，古來門外即天涯。

婁良樂同社挽章

芝蘭入室積年來，同社同遊共酒杯，豈止文章如庾信，尤難德性似顏回，
憑棺默問將安往，惠稿封存不忍開。身後事多誰料理，撫孤先要仗鴻裁。

得日本心聲社主宰服部承風尺牘答贈

金尊華燭記逢君，名下無虛雅俗分。我與唯庵同隻眼，君詩神似杜司勛。
雙鯉來時感寄聲，倚樓東望水盈盈。辛酸苦語支殘劫，愧赧高賢說大名。
各放心光爭日月，多祈景福與梅櫻。中秋節近諸天近，碧海無波萬里平。

邃加先生七十壽詩

一代文章伯，殷憂力挽春。摩天揚巨刃，檮海起潛鱗。載道匡時弊，明心著論新。世家為故國，南極仰人人。

削札誅揚墨，撝文掃秕糠。為功韓吏部，表德鄭公鄉。淺語能經世，詹言助引觴。儒林同有祝，夫子壽無疆。
鯤海一傾蓋，斯文骨肉情。仗公能說項，使我遠飛聲。餽贈至無數，諮參空有誠。幾時香澥去，百拜禮先生。
聖學惟明道，公來接陸朱。深沈加邃密，衰溺得昭蘇。所望銷兵氣，非關獲寶符。昌言思禹拜，世昌返唐虞。

和韻答伯元同社香江

日日蚍蜉撼蜃樓，釣龍真要月為鈎。列星天上還相鬥，二廟山中豈不愁。
春雨連旬成晦暗，智燈無力洞深幽。報君一事兼憂喜，獨槳孤舠正亂流。

春夜為家人候門擎杯漫與

客夢宵隨月向西，綠蘿溪過是香溪。猿啼鐘動陽臺曉，水遠雲深楚厲迷。
賈誼上書翻賦服，劉琨起舞愛聽雞。清剛惆悵今誰是，若有其人首可低。

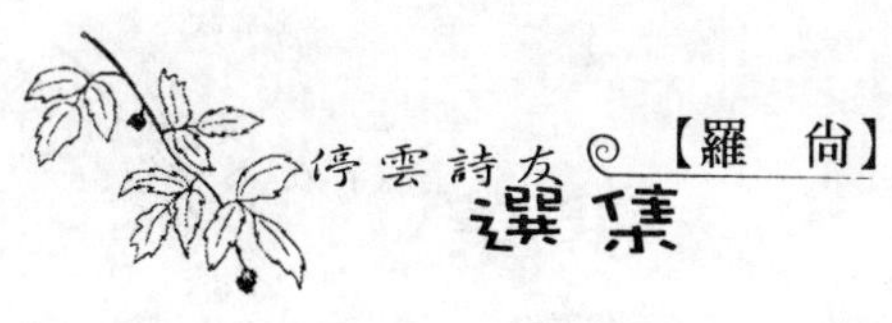

虛堂鵬運藉芳醪，不誦王風不讀騷。清水養蘭香自遠，明蟾掛竹韻彌高。
橫戈躍馬憐吾老，歷塊過都見爾曹。碧海奔鯨誰管得，指南宮裡下雲璈。
湘君指冷為彈箏，流水悲風共有情。閬苑傳書人去後，珠簾隔夢月空明。
長教帝闕卿雲駐，莫放春山反舌鳴。白芷朱蘭斑竹上，無窮怨慕總無聲。
漫與詩成午夜寒，思飄急就韻粗安。王楊盧駱當時體，李杜蘇黃後代看。
弱水無情三萬里，峨山有路九千盤。天吳魄我龍肝美，大笑文成食馬肝。

答伯元

楓林障日草如茵，馬里蘭州結構新。臥病不知君去也，江東渭北賸懷人。
臺北囂塵更不聞，可能回首望停雲。新詩再作三千首，要向殊方領異軍。

寶安文幸福教授詩集

停雲同社十年來，縱獵詞林過百回。紹述丹淵家法在，橫流興起障川才。
人境蒹葭及邃加，燭天光燄木棉花。嶺南代有人才出，接武君堪第一家。

太希先生挽詞

文苑錚錚一代雄，擊天高浪起無窮。十年同社多承教，千夢憂時力豁蒙。
酒半縱吟聲震瓦，墨香書字氣如虹。道南橋畔釁官路，鄰笛悲涼散晚風。

和香港邃加先生伯元教授酬唱韻

並承存注寄詩多，日月驚看鳥影過。又是客途逢歲暮，艱難家國致人和。
二公寫意擎杯飲，我獨無心叩角歌。遙獻椒花祝長壽，門前大海立峨峨。

閬苑

犀辟塵埃閬苑深，移鐙攜月夢飛沉。年時燕脯何人寄，碧海東西萬里心。

雲在庵詩集

得法曹溪半勺同，印心無象有深功。律詩創格傳家學，一劍當關角六雄。
沉雄感慨出沉思，律中神融更不疑。了了寸心千古事，一庵雲在意俱遲。

浣溪紗 秋夜

雁過遺聲月轉廊，微風蕩漾木樨香。錦書珍重侑明璫。　八駿不知瑤水遠，九疑惟是白雲長。海山兜率兩茫茫。

琴調相思引 小碧潭見木芙蓉滿樹繁花

暢飲天霜醉不知，子高安否苦相思。一江秋水，紅滿夕陽時。　玉壘家山勞望遠，錦幃幽夢莫志機。黃庭誤汝，淪謫得歸遲。

意難忘

晚景彌天，對天長水遠，物換情牽。菊花開敗壘，黃葉舞荒煙。重九後，碧潭邊。負手看風鳶。四十年，悲秋意緒，最是今年。　塵封畫筆琴絃，不挑燈看劍，約客談玄。他生真未卜，來日要隨緣。謀淺醉，愛閑眠，五柳是高賢。細思量，難為蹈海，敢望藏山。

高陽臺

孤月繁星，銀河桂殿，青冥風露高寒。犀辟塵埃，碧城十二欄干。星沉月落憑欄見，起商聲搖落江關。又爭知，艷了芙蓉，香了幽蘭。　詞人總有千千恨，便閑亭野史，難盡哀頑。日莫途遙，神鴉社鼓珠槃。無才可續江南賦，有神遊故國雲山，念悠悠，清些招魂，天上人間。

陳新雄

字伯元，江西省贛縣人。生於民國二十四年二月六日，現年七十一歲。國立臺灣師範大學國文研究所博士班畢業，中華民國國家文學博士。曾任中國文化大學中國文學系教授兼主任、國立政治大學中文系所兼任教授、國立高雄師範大學國文研究所兼任教授、淡江大學中文系兼任教授、美國喬治城（Georgetown）大學中日文系客座教授、香港浸會學院中文系首席講師、香港中文大學中國文化研究所訪問學人、香港珠海大學文史研究所兼任教授、香港新亞研究所兼任教授、國立中山大學中文研究兼任教授、北京清華大學中文系客座教授、國立臺灣師範大學國文系所教授、東吳大學中文研究所兼任教授、中國聲韻學會理事長、中國訓詁學會理事長、中國文字學會理事長、中國經學研究會理事長。現任國立臺灣師範大學國文研究所兼任教授、輔仁大學中文研究所兼任教授、中國語文雜誌編委、語言研究編委、詩經研究學會顧問、中國語文通訊顧問、華府詩友社顧問，並膺選為師大大師榮譽講座講席。擅長聲韻學、訓詁學、文字學、詩經、東坡詩、東坡詞等。著作有《春秋異文考》、《古音學發微》、《音略證補》、《六十年來之聲韻學》、《等韻述要》、《新編中原音韻概要》、《鍥不舍齋論學集》、《聲類新編》、《旅美泥爪》、《香江煙雨集》、《放眼天下》、《詩詞吟唱及賞析》、《文字聲韻論叢》、《訓詁學》上下冊、《古音研究》、《伯元倚聲．和蘇樂府》、《伯元吟草》、《古虔文集》、《東坡詞選析》、《東坡詩選析》、《家國情懷》、《詩詞作法入門》、《廣韻研究》、《聲韻學》等二十多種。

把酒四首

人生難得是光陰。休要嗟貧說古今。濁酒三杯閒自酌，管他榮辱與浮沈。

一杯在手酒方酣。夜半吟詩覺味甘。醉眼朦朧燈影裡，此生何事不能堪。

濁酒頻斟月上簾。清光照影影廉纖。醉來萬事皆如夢，胸次寬閒樂自添。

沈舟側畔閱千帆。看盡窮通識聖凡。瀲灩金樽還自喜，酒痕月影滿青衫。

挽景伊師五首

颯颯秋風露氣清。孺思難已及門情。堂前桃李花千樹，絕學誰當隻手擎。

燈前小字寫黃庭。詩稿如今已殺青。定使先生浩然氣，常留宇內作儀型。

門牆百仞忝先登。壇坫當年日見稱。後死未能揚絕學，如斯弟子豈堪憑。

時當柔兆始從游。屈指韶光廿七秋。往日有言無不盡，今朝未語淚先流。

佳城一閉鬱重陰。追憶師門恩義深。今日哀歌和淚下，可能重聽我沈吟。

秋柳 用漁洋前後二首韻

往春搖曳最銷魂。秋葉凋黃不掩門。灞岸昔攀行客手，沈園難見舊綿痕。

玉關道上霜為絮。老樹枝頭雀啅村。我對枯條長太息，此中哀怨向誰論。

綠意凋殘劇可憐。楚腰纖細轉成煙。鳴蜩葉底曾聞語，墜絮園中不見綿。

生肘夢回餘恨事。題詩才捷憶當年。軟枝難抵頻攀折，空剩霜根在水邊。

碧潭踏青用東坡臘日遊孤山韻示門下二三子

碧潭水，碧滿湖。翠碧如玉似此無。暮春三月春花飛，踏青趁早相邀呼。

出遊雖未攜妻孥。青衿相伴亦多娛。碧亭先煮碧螺春，沁心浹肺散鬱紆。
以山為枕天為廬。乾坤一體誰云孤。松陰之下草為茵，微風颯颯搖青蒲。
吟詩聲撼塚中夫。興致昂揚不覺晡。課罷徜徉山水間，悠然自在真良圖。
舞雩歌畢興有餘。群生相訊意蘧蘧。教室若此誰還逋。課間真樂難詳摹。

夜飲 用東坡遊孤山第二首韻

何處有，酒如湖。夜夜沈醉煩惱無。邇來世事頗喪氣，浮雲蔽日陰風呼。
早歸閉門對妻孥。粗餚薄酒還堪娛。醉來一睡解千愁，盡散積年胸鬱紆。
何不量力守故廬。難陳委曲心迹孤。鴟鴞日夜鳴衡軛，秋霜竟欲凋枯蒲。
當年浩氣吞萬夫。今欲息機及未晡。萬里雲飛隱南島，攜壺把盞真良圖。
昔奉君子杯無餘，今來漸夢蝶蘧蘧。惘然身世兩相逋。人情變幻誰能摹。

余五十生辰適逢文化大學中文系東坡詩課與諸生同遊陽明山公園尋詩用東坡臘日遊孤山韻

陽明山，竹子湖。嫣紅翠綠世有無。遊春士女人難數，賞花趁早相邀呼。
滿園遊客攜妻孥。我隨諸生聊相娛。拾階攀登高幾許，尋幽探勝路縈紆。
花棚之下暫為廬。吾徒稱壽道豈孤。祝壽歌罷吟音起，琅琅聲響搖芳蒲。
登高能賦為大夫。長吟不覺日已晡。遠眺淡水飄玉帶，對境如看閬苑圖。
課室若此歡有餘。諸生相詢意蘧蘧。此景不寫久恐逋。火急作詩遲難摹。

春遊七星山四和東坡孤山韻

七星山，夢幻湖。絕種韭蔥他處無。稀世奇珍珍如珠。遊人見之齊歡呼。
我亦乘暇攜妻孥。一賞奇珍聊相娛。十日九雨晴須臾。攀登豈畏坡磴紆。
以地為席天為廬。宇宙一體誰云孤。山顛翠柏盤龍鬚。傲雪何須煩菖蒲。
俯視市廛千萬夫。營營不息朝繼晡。眼前綠茵坐氍毹。有如置身閬苑圖。
春暉藹藹暖有餘。超脫塵囂情蘧蘧。仰觀浮雲機心逋。輾然一笑難詳摹。

觀世

鬱鬱磵中柏，綠葉發華滋。盤根挺貞幹，淩空顯奇姿。下隰生蔦蘿，攀根蔓其枝。曦陽盡遮絕，雨露復侵之。翠柏漸凋零，蔦蘿秀離離。纖藤越樹梢，更向石嶔巇。罔顧牽引者，恣意高攀追。如彼新巢燕，舊巢竟不思。貴賤見交情，在漢翟公悲。今來觀世態。我亦感寒颸。

夜讀有懷雨盦

夜繙書史惜餘春。雲海相望自在身。君走新羅傳雅韻，我留舊苑憶清塵。
酒樽常見虛前席，詩什應堪暢爾神。無怪三韓頻下聘，中朝第一是何人。

春日偶成寄雨盦

牡丹嬌豔冠群芳。花苑叢中是帝王。卻見滿園桃李笑，天香國色盡潛藏。

景伊師八十冥誕

惆悵先生今八十，難持玉杖共傾觴。往年絳帳如潮湧，近歲慈容入夢長。每念深仁春浩蕩，惟將傳世學宏揚。瑞安師說光天下，乃我心頭一瓣香。

次韻戎庵樓夜

香海重來擁一樓。抬頭每見月如鉤。江山信美將陳跡，豪俊誠難解此愁。北極冰溶千里暖。秦城火熱萬人幽。觀時我與君同慨，蓬島還憂水逆流。

再疊戎庵樓夜韻

春雷陣陣震瓊樓。濃霧層層掩月鉤。老去偏偏貪不厭，新來漸漸覺多愁。孤舟兀兀隨波盪，前路茫茫闃景幽。未識津航充水手，盲人瞎馬夜臨流。

三疊戎庵樓夜韻

公輸墨翟各營樓。勝負猶如竊國鉤。天下紛紛無一計，朝中擾擾更多愁。
燒旗污像成何統，著意驅神撼九幽。四十年來辛苦業，巨靈封掌斷源流。

四疊戎庵樓夜韻

神疲目倦懶憑樓。難識棋中暗伏鉤。心腹盡為人棄後，晝圖卻見臉含愁。
東吳都督英姿發，西蜀孱王永世幽。今古賢愚惟所向，激情求老已分流。

天安門行

四月十五天安門。千人萬人哀國魂。北京高校群英出，借死刺生驚乾坤。
共產政權朽且老。貪污腐敗兼官倒。專權戀位鄧小平，昏庸一撮胡亂搞。
權貴子弟滿邦飛。尋常百姓生意微。通貨膨脹日三變，物價騰昂朝暮非。

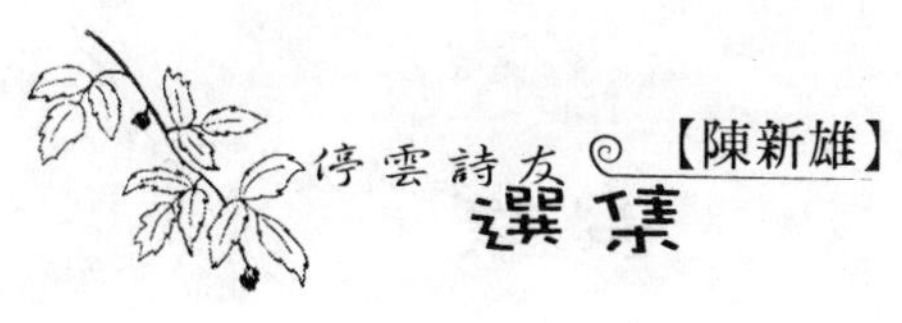

天安門外風雷起。自由民主聲不已。靜坐吶喊復遊行，一心救國忘生死。
遊行猶未醒頑冥。三千絕食留丹青。感動工商百萬眾，視死如歸垂典型。
外交科學統戰部。工人總會齊動怒。誓為後盾保學生，義不容辭髮盡豎。
西安廣州哈爾濱。成都武漢人咸瞋。香港百萬市民起，全球華人怒火焚。
屠夫李鵬政暴亂。極權陰魂終不散。戒嚴令下軍圍城，截兵奮勇殊浩歎。
白衣瀟灑民主神。鬢髮飄飄真逸塵。十億人心同一願。瀰漫自由民主春。
李楊愚兵心術惡。軍來何事軍漠漠。禁絕不聞營外訊，但教屠城塡溝壑。
楊家走狗廿七軍。坦克機槍亂紛紛。可憐空拳人赤手，瞬間慘死古稀聞。
市民浴血跟離肘。肝腦塗地誰尸咎。前仆後繼散復來，浩氣長存真不朽。
機鎗掃射如蜂窩。鮮血匯聚流成河。坦克來回馳騁下，頭顱無數任碾磨。
嘉定三屠人人恨。揚州十日今猶忿。北京六四大屠城，異族兇殘無此狠。
夏桀商紂秦始皇。暴君誰堪比瘋狂。焚屍滅跡無人性，善良百姓咸遭殃。
良民枉死逾千萬。似猶未償獨夫願。緝捕令下到處搜，可憐同胞命如線。
自由民主思想開。志士仁人次弟來。打倒極權除暴政，民不畏死誰能摧。
王丹柴玲封從德，吾爾開希俱正直。不畏強權斥暴君，全心全意救中國。
天翻地覆琢忠肝。播音無悖數李丹。一士維林身是膽，十八坦克難動彈。

勇士成群非一樣。青史當留勇士像。阻車神勇王維林，今人何在心悽愴。
世人共睹血洗城，厚顏謊報無喪生。顛倒是非淆黑白，卑鄙無恥人人憎。
慣說謊言推袁木。軍頭張工亦奴僕。睜開眼睛說瞎話，驢鳴犬吠人頭畜。
鄧小平是殺人魔。神州萬戶鬼唱歌。錦繡河山非往日，人間地獄似森羅。
炎黃子孫十一億。人人憤怒動顏色。報仇雪恨記心頭，當揮群策盡群力。
人人齊心力無窮。剷除暴政氣如虹。滌淨污腥民作主，天下為公慶大同。

有懷燕孫教授

霹靂施威後，江河滿急灘。飆風猶不止，心膽已俱寒。今日商音作，何時漢詔寬。來年香海上，能否見鵬摶。

張以仁

一九三〇年生，湖南醴陵人。畢業於臺大中文研究所，獲碩士學位。現任中研院文哲所諮詢委員、史語所兼任研究員，臺大及世新大學中文系兼任教授。中華詩學研究所副所長、中華詩學會常務理事。曾任史語所第一組主任，中山大學中文系主任、美國史丹福大學訪問教授。教育部顧問。在臺灣多所大學講授國語、左傳、訓詁學、花間詞、詞選、古籍導讀、溫韋詞等課程，並指導博、碩士生研究論文。曾獲中正文化優等獎。國科會傑出獎二次，優等獎二次、甲等獎二十餘次。一九九二～一九九三年擔任中華文化基金會講座。學術著作有專書六種、論文數十篇。詩集出版者有《涵怡集》一種。另有《晴川詩集》二千餘首、《青山紅樹詞》《飛花絲雨詞》共千餘首，散見於報章雜誌，待出版。

兩岸敵對有感

一心一德更何求?同命同舟無怨尤。兩岸春從仁義出,全台福為子孫謀。
且因近景窺前景,莫令清流變濁流。黄帝傳承宜萬代,東來血脈自神州。

除污

欲撥遙程煙霧開,應除心積舊塵埃。濁流源自崩山出,清議風從野怨來。
碩鼠新嘲非夙詬,黍離人禍即天災。若無仁義終無利,楚霸秦雄只劫灰。

心塵

欲浣劉伶心上塵,宜開大璞見真純。多愁應許纏綿酒,有夢須防懊惱人。
見說民豐歌盛世,何疑花好怨良辰。已過漢魏興亡久,猶有新篇說暴秦。

憂時

聞道黑金干政事，可憐盛世惜中興。但令室種含羞草，定許家無逐臭蠅。
塊壘愁杯休百酌，清明詩境盼千登。甚慚曳尾龜先隱，其奈憂時淚不勝。

小白球

報載李登輝總統向某婦女團體致辭，頗怪輿論以其偶玩高爾夫球為責。不知近年潦旱成災，皆由奸商窺伺上意，大肆闢建球場，伐木拓地，破壞水土保育所致也。

上焉有好者，下起效尤風。仙鶴耗公祿，細腰危楚宮。
千章伐佳木，一桿惑元戎。白球誠小戲，私愛蔽天聰。

聞國民黨內鬨

黨同爭伐異，私怨奈民何。群鬥穴中鼠，同操室內戈。

但聞驅拂士，誰為起沉痾？唐自開元後，賢良已不多。

民望

我欲以詩歌，迎新唱泰和。卻愁催戰鼓，不協鬧春鑼。
霸舉傷民望，狂飆搧怒波。莫令蜃霧起，怒海鬥龍鼉。

感時

我生適逢國多難，稚齡顛沛經憂患。丁丑當年日寇侵，災黎萬里起哀音。
親見嬰兒充鑊煮，婦女如豬橫曳去。尸陳鬼哭景常陰，八載神州半陸沉。
赤軍乘亂起西北，瘡痍未復驚變色。浮家避禍來台灣，卅載艱辛鬢髮斑。
民富漸忘當日苦，窮奢極欲逞貪頑。金權黑道縱橫出，衣冠巨憝亦神姦。
競假民意肆其虐，政壇駭見風濤惡。武嚇文批伺虎狼，才鮮德薄爭內閣。
下樑不正何從正？千夫痛斥一丘貉。旅鷗已厭覓棲枝，民主何從措手腳？
全球處處憐鄉音，盡是華裔流浪客。

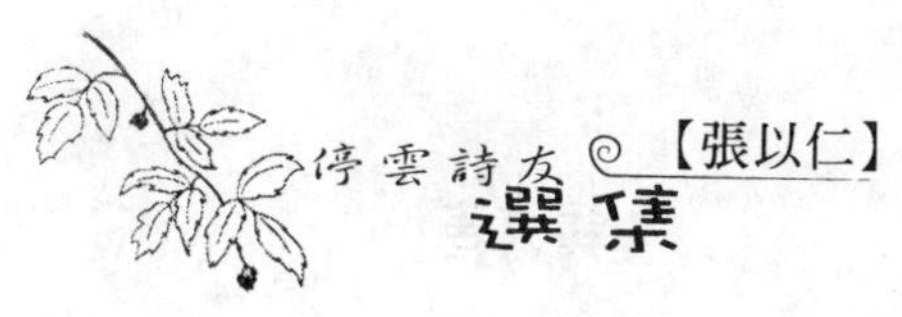

秋興二首次龔稼雲詩文瑤韻

少陵秋興萬千姿，但寫流離去國時。玉露早憐楓似火，銀蟾還映荻如詩。
且張歡笑攻愁市，便滌辛酸舉酒卮。俯視滿城燈海闊，雲輕風細夜遲遲。
冥想陶公出世姿，東籬菊綻飲酣時。曾臨蘆岸如觀畫，若賞楓層合有詩。
九月炎威流大火，一襟羈恨對深卮。遙岑欲望瀟湘樹，長夜誰憐歸夢遲。

酒意詩情

世情汲汲競虛名，幾見心清似酒清。室有幽花宜靜賞，詩無警句莫輕成，
微醺便與風為友，小憩還邀夢結盟。不是胸中有丘壑，雲林筆下怎經營？

茶村

撲雀頑童腿半蹲，農餘風暖近黃昏。漫經郊外新茶圃，欲覓橋西舊夢痕。

幾處幽香花繞屋，一溪澄碧水鄰村。此中殊有桃源趣，宜樹荊籬矮竹門。

醉中得句

淺飲詩來別有腸，閒中淡酒散餘香。傾杯一笑忘榮辱，得句千言小帝王。
嶺表戲看雲變幻，風前醉諷柳低昂。卻憐池影亭亭綠，蓮靨如醺照夕陽。

舞客

漢廷多舞客，搖滾愛新潮。莫學風前柳，須防折損腰。

得句

窗外山如繡，毫端墨似膏。句來吟欲曼，詩好髮輕搔。

詩境

攝持何境界？誰與入牢關？一樹冰姿艷，孤生大雪山。

夢月

我欲去吾形，神遊入窈冥。天河浮浪白，桂殿護雲青。
玉盞憐千酌，珠囊惠一星。夢回香在枕，窗外月盈庭。

心境

心內幽微地，他人更莫知。雲生詩作樹，泉湧酒為池。
中有清涼境，旁無煩惱枝。還丹開祕鼎，般若結胎兒。

尋夢

雙攜尋舊夢，野鳥道相迎。雲逐微風變，春從一笑生。
溪山如昨日，眉眼有深情。識得桃花樹，當年此訂盟。

所慕

新春花好艷成堆，但採幽蘭欲遺誰？眾裡尋來都不見，溯游應在水之湄。

閑夏

別眼能窺塵外姿，蟬清已是夏荷時。池塘愛賞遊魚懶，旁有童兒逐鷺鷥。

家居雜詠三十首之六

老來何事最關情？畫個葫蘆結酒盟。閒與妻兒談一局，滿堂歡笑說輸贏。

燈前把卷愛沉吟，室雅茶香夜漸深。細品渾忘寒意重，試從詩會古人心。

烹調巧思入幾微，酒趣還因肉瘦肥。蔬類昔曾甘白芋，魚中今最愛青衣。

公餘閒處愛澆花，三月春留教授家。妻擅盆栽能育種，窗前一片錦如霞。

酒淡茶麤無所爭，科頭跣足趣橫生。有時小坐如觀畫，花樹窗前月影清。

鑽研聖意道無方，善與先儒較短長。斗室查經爭一字，時陳臥榻似書床。

和內子六十嘉辰

內子周富美教授，以研究墨子韓非之學蜚聲學界，任教台大，迄今三十六載矣。日前六十大壽，學生群邀來賀，治酒設筵，可喜亦可慰也。

君年六十我六六，望抱孫兒美如玉。桑榆晚景喜收藏，曾歷風霜稱富足。
尋幽應惜三餘暇，同醉能酣新釀綠。上庠施教卅六春，韓非崇法墨學樸。
華誕烹調若往時，主婦不辭終身祿。忽爾學生成群來，一霎春回桃李開。
衣香鬢影嬌呼起，更獻珍玩笑靨堆。醉紅設宴誇豐盛，舉杯飛盞爭相敬。
扶歸莫哂步歪斜，上得層樓便是家。喜陳時鮮與瓜果，橙黃棗翠糕如花。
蓮心茶香誇異品，蟹眼水沸嫩堪飲。一鍾淺碧散微薰，宜配酥糖與甜餅。
餅甜那似歌聲甜，歌聲未歇申賀言：共賀雙雙鰈與鶼，更祝遐齡過百年。

讀韋莊菩薩蠻詞四首

芙蓉初日麗西川，兩蜀清詞韋相先。國色那需珠翠繞，西施之美在天然。

最愛佳人淡淡妝，花間一曲唱韋郎。江南春水連天碧，老去何須念故鄉。

莫對金杯歎漏更，紅樓一曲那時情。斷腸最是江南雨，猶作琵琶怨別聲。

樽前漏短惜年華，老逐天涯何處家？紅袖滿樓渾不記，綠窗曾有女如花。

邱燮友

筆名童山，福建省龍巖人。一九三一年十二月十四日生。國立臺灣師範大學國文系、國文研究所畢業。自一九五九年起任教國立臺灣師範大學，由講師、副教授至教授。並兼任夜間部副主任、國文系主任、國文研究所所長。一九九三年曾任香港珠海書院客座教授，一九九七年後，前後曾任玄奘大學宗教研究所所長，元智大學中語系主任等職。著有《童山詩集》、《天山明月集》、《品詩吟詩》、《美讀與朗誦》、《白居易》、《中國歷代故事詩》、《散文結構》、《唐詩朗誦》、《唐宋詞吟唱》、《童山詩論卷》、《童山人文山水詩集》等。

步蘇堤六橋有感并序

常感長輩為子女命名難選，一九九〇年二月四日步西湖蘇堤有感，如取六橋為子女命名，別有一番情趣，因作此詩。

映波楊柳弄春潮，橫跨蘇堤共六橋。若取橋名名子女，男孩聰穎女孩嬌。

映波第一橋

太守治杭用封泥，建橋植柳引鶯啼；群山疊嶂煙波裡，映照江南第一堤。

鎖瀾第二橋

一束青絲髮一綰，遠山如黛眼如波；拱橋一曲情難鎖，最日深情喚阿哥。

望山第三橋

遠處碧波涵小山，濛濛煙景有無間；遊人都說湖光豔，正月楊枯柳條閒。

壓堤第四橋

湖天一色開風月，山水千年表物華；塘岸斷荷知水淺，初春孤蕊是茶花。

東浦第五橋

東浦漁歌滿西湖，桃花楊柳春扶疏；江南風物風華盛，蓴菜鱸魚詩與書。

跨虹第六橋

蘇堤春曉鳥嚶嚶，步過虹橋近市聲；遊人爭向湖心去，莫負水天一色明。

姑蘇行

青錢好問舍，擇居蘇州河。家臨運河水，門庭種青荷。湖田出蓴菜，窗下織綺羅。蘇繡天下貴，西塞傳漁歌。江南菰米地，溝渠如棋局。平蕪白粉牆，青磚黑瓦屋。吳越多古蹟，民風本純樸。虎丘留創痕，寒山鐘聲促。君不見，孤蘇自古是名都，美人文士滿東吳。徐文長、唐伯虎，古園詩話猶在壁，假山雕石竹影孤。風流韻事今安在？付與茶酒話有無。

題靈隱寺

水杉筆直凋梧桐，前有青山九里松。白傅題詩訪老衲，荷香十里任晚風。勝緣古剎拈香火，入拜參禪聽寺鐘。歲月悠悠千載後，巍峨靈隱鷲來峰。

西湖行

孤山不孤山脈連，斷橋不斷雪花鮮。西湖三怪人稱道，長橋不長情意牽。
我來杭州尋古蹟，千年佳話如眼前。梅妻鶴子真處士，梁祝恨史韻事傳。
來杭州，上西湖，端陽借傘雷峰倒。連綿山水看不盡，湖山煙影從此渺。
人人只說江南好，靜坐湖心不知老。

姑蘇佳麗地

人道姑蘇佳麗地，宜山宜水宜家居。門外青荷迎朝日，家家垂柳枕河渠。

燕京行

我本江南客，北上帝王都。高閣雄峙金鑾殿，秋水長廊昆明湖。古柏龍蛇
歷三代，白陽參天聞鵲烏。日之升，月之恆，本求萬代登聖域，寶祚千年

輦黃圖。豈知朝易留宮苑，門牆凋剝見銅鑪。如今帝死宮娥散，太和殿外花影孤。遊人御苑說盛衰，夕陽殘照論有無。

居庸關

大塞八達關，千嶂居庸關。長城接秦月，蘆荻連漢天。關外戍客征夫地，烽火狼煙數千年。不登長城非好漢？好漢爭能比聖賢。蒙人南下逐水草，漢人持戈驅敵先。大德懷仁同天下，穹廬屋舍毗相連。青雲漠漠寒雁飛，白楊蕭蕭牧草寒。君不見，塞南塞北一家春，酒家楊柳共飲泉。

桂林紀遊

往陽朔船中

青山突出似飛仙，明麗巧樣勝嬋娟。水繞青山情嫵媚，漓江山水出天然。

桂林紀遊

灕江船中

近山青綠遠山藍，疊疊重重接翠嵐。似酒灕江心已醉，遊人絕倒在西南。

花蓮富源品茗

彩葉扶桑發豔紅，富源茶道滿花東。天山舞鶴佳麗地，水冽茗甘情意通。

鹽寮觀潮

青山大地母，海深子女情。風起浪如雪，鄉心動歸聲。鹽寮巉崎石，暗潮洶湧生。思親如潮汐，心中永不平。

和魯實先朱梅詩四首原韻

別將桃杏比梅紅，地處高寒性耐風。不似群芳逐春色，花開自在碧巖中。

深山霧重隔繁華，秀出枝頭如醉花。且伴清風依白石，莫疑林逋是仙家。

染就丹心本太初，窮通史記察盈虛。神州古往多名士，吟罷朱梅猶見疏。

湖湘水氣動風清，綵筆涵詠情意盈。寄身上黨傳薪火，警世真言心未平。

清流

野菊花色小，芬芳自成畦。黃白相交錯，盛開秋冬時。不與桃爭豔，不與杏爭輝。不與梅爭雪，孤芳傲東籬。屈宋騷賦茂，汀芷與芙蓉。王孟山水秀，佳句入禪宗。五柳愛小菊，閒情賦愛儂。無人之桃源，情流在山中。

新年

蘭心報新歲，千里一枝香；小品人間貴，恩情萬古長。

賀雨盦社長七十

桐城自古山水秀，山水清音古亦然。彩筆何須夢裡求，華藻才思本自妍。
雨盦結社效陶令，停雲詩友奉詩箋。七十人生仁者壽，同儕舉觴祝華誕。
願效華豐三樽酒，祝君荷香詩萬篇。

遊園四題——一九八七年秋月遊臺北林家花園

一、來青閣

百代風煙轉物華　繡樓巧構正堪跨　當年名取來青意　秀出江南第一家

二、香玉簃

雨後迴廊春欲殘　惜春女子獨憑欄　聞道清明花事了　重陽猶待把花看

三、方鑑齋

齋前歲月本無心　染就方塘綠意沉　賦罷停雲人去後　一簷風月照弦琴

四、迴廊題壁

百年名邸傳燈火　斗栱飛椽接彩軒　主人茶酒迎賓客　牆頭留詩題古園

題梁秀中教授畫

一、

魏萼堂前暑氣來，年年今日牡丹開。嫣紅綠意浮雲出，迎取佳人上樓臺。

二、

巧思點染丹青畫，一品斜橫出井欄。富貴人間君記取，秋來月滿對南山。

三、

白蘭凝似玉，墨葉轉如龍。九畹春常在，門庭納好風。

一九九四・七・三十一　夜

望月

一夜秋歌天色新，滿川白露暗前津；無情碧海多情月，依舊纏綿照故人。

一九九四・中秋

賀長老壽（七絕）

春隨芳草千年綠，人與蒼松一樣香；歲月縱橫天地闊，尚祈黃耇樂無疆。

停雲雅集

停雲結社勝蘭亭，數十年間詩轉精。昔年豪興今猶健，文章恢宏欲吞鯨。
青髮且數當年事，白髮殷勤當筆耕。舉杯不似當年勇，論詩品題見真情。
相約同渡千禧歲，同曬青陽共此生。

一九九九．十二．二十七

題伯元詩友詩冊

不做雅樂做楚聲，慷慨嫉世動人情。三杯酒，一支煙，詩人筆下豈等閒。
海峽風雲時變幻，書生報國憑真言。同儕詩友喜相聚，留取讜論在人間。

遊獅頭山水濂洞

福天仙府盡飛泉，竹木青蔥映水濂。若問深山何勝境？門前澗水到人間。

晚晴四則

一、春日晚晴

賞心花事在陽明，苦雨山中放晚晴；櫻花不及紅顏老，一夜相思落地輕。

二、夏日晚晴

聞道輕雷破九颱，荷香送盡桂香來；老農叱犢天晴晚，早稻盈倉晚稻栽。

三、秋日晚晴

平蕪寥落人去後，秋雨銜悲送別回；猶記兩情相見日，一彎新月窺樓臺。

四、冬日晚晴

歲暮小樓寒氣迎，前程風雨未曾平；老翁八十身猶健，策杖行歌愛晚晴。

春興

庭前迎歲一枝花，香氣襲人透綠紗。莫羨牡丹陪富貴，猶憐蘭蕙報年華。

千禧年

北宋咸平慶千禧，西崑浮豔接江西。釀泉亭中留醉客，文壇風雅啟先機。
春花秋月經常在，經典平正勝古奇。園林春色佳麗地，詩酒臨風喜品題。
今歲又臨新世紀，千載難逢慶相隨。興衰感慨勿復論，珍惜春陽貴如絲。
舉觴同申迎春日，祝君千禧萬福時。

桃源

莫道桃源能避秦，武陵風月念家人。靈山自古難尋覓，惟有溪花淡淡春。

古風

江南好風日，晝夜勤耕耘。曾種桃李樹，花開且繽紛。早年入南畝，青溪遶山城。國憂去鄉里，隨親渡台瀛。或效楚狂者，內美兼修能。荷芰高為冠，杜蘅結蘿藤。筆硯寫鄉國，詩書自為樂。虛渡七十春，時移歲易得。愛此夕陽度，餘暉寄晚晴。明月生松風，長歌天地青。

二〇〇〇·十二·十四

陳滿銘

一九三五年生，臺灣苗栗人。臺灣師大國文系兼任教授。出版有二十種個人專著，並發表有論文三百餘篇。近年以「多」、「二」、「一（0）」螺旋結構，建構科學化層次邏輯系統。有多篇論文入編《中國科技發展精典文庫》、《中華名人文論大全》等多種大型叢書，並多次榮獲「論文優秀獎」或「優秀徵文壹等獎」，成果入編《世界優秀專家人才名典》、《中國當代創新人才》及英文版《世界專業人才名典》（美國ABI）、《二十一世紀2000世界傑出思想家》（英國IBC）等多種珍藏典籍。

訪烏衣巷古址

赫赫烏衣古，尋常屋幾重，橋邊追勝跡，燕子杳無蹤。

與團友夜坐阿姆斯特丹廣場

偷閑坐廣場，絮絮話家常。初識猶親舊，不知在異鄉。

舟遊維也納近郊人工湖

輕舸入迷津，神工歎絕倫。清歌聲不住，漾就一湖春。

謁中山陵途中憶王半山

鍾山毓秀聳巍巍，夾道梧桐上翠微。當日騎驢人不見，青溪岸草自芳菲。

遊八達嶺萬里長城

山海居庸數嶺間，長城樓上憶圓圓。設非三桂衝冠怒，焉得清兵入漢關？

遊法蘭克福近郊

淨空如洗晚添涼，三五芳坪坐夕陽。最愛青籬斜隔路，一心護得麥飄黃。

車經東德書所見

輕車越界入東疆，幾處芳郊幾簇羊。看盡惟推風物好，麥黃香裡歎興亡。

戎菴畫竹

煙斂雲收幻作真，巧偷姑射數枝新。冰姿落落清如許，貪看何須問主人。

觀棋

運籌方局正良宵，侵掠無聲鐵騎驕。勝似當年深不毛，武侯凜凜克三苗。

夜訪烏來瀑布

設色輕嵐景益幽，三更山月上山頭。雲仙燈火闌珊處，一練迎賓聒絮流。

清明

熾熾春陽斂曉雲，舉頭長憶雨紛紛。千花百草空攲側，路上行人不斷魂。

行道樹

兩行碧樹立如衙，夕送朝迎路滿車。分外偷來閒幾許，勤將綠意散千家。

遊碧潭有懷夢機、子良

其一

搖金斜日暖山嵐，曖曖懸虹臥古潭。班坐尋詩知幾度，臨流何日客成三。

其二

郁郁茗香入夕曛，神遊詞苑論蘇辛。斯情未逐波瀾去，長共青山碧水新。

登八達嶺萬里長城

群山奔八達，嶺上臥長龍。游走迴深壑，騰飛入絕峰。千年驚久固，萬里歎渾雄。幾度殲強虜，纍纍憶懋功。

頤和園石舫

石舫搖瓊碧，周遭構景明。菰蒲生綠渚，鷗鷺點青汀。近漾風濤小，遠牽水霧輕。長懷舟覆戒，載載慶河清。

訪西安半坡遺址

盤古開天久，半坡闢地忙。掘溝驚虎豹，磨鏃獵羌羊。火塑生陶彩，刀耕播穗香。載歌勤矻矻，億載耀餘光。

晨遊黃山

曉日清輕霧，黃山倏生姿。嵐迴幽谷淡，松倚峻峰奇。近黛牽目駭，遠青引神怡。流觀嗟造化，何筆運非癡。

登黃鶴樓作

黃鶴高新構，蛇山慶有靈。吟詩懷古韻，作客仰崇名。千載樓頻改，一江浪不驚。可憐鸚鵡渺，無處覓狂生。

遊頤和園

遊頤和園長廊。廊西有秋水亭，東有留佳、寄瀾二亭，皆景致奇佳。於廊中憑闌遠眺，移步換景，美不勝收。

方喜排雲萬象明排雲殿門匾額云：萬象昭明。又沿湖岸畫中行。玉英飾梲留佳亭有匾額云：璇題玉英。臨朱檻，秋水雕簷枕碧瀛。華閣緣雲寄瀾亭有匾額云：黃閣緣雲。瀾意寄，迴亭邀月長廊入口名門邀月景天成。可憐幾度遭烽火，沉恨綿綿浪疊驚。

參觀西安碑林

名碑穆穆聳千方，經鏤開成憶大唐。鳳闕黃碑有詩云：紫氣迴旋雙鳳闕。超塵思魯直，皇都米碑首句云：皇都初度臘。高古歎襄陽。清臣剛勁窮真好，長史奔騰極草狂。觸目龍蛇皆瑋寶，緋緋拓墨散餘香。

重陽

老卻韶光木葉凋，慨然天畔憶前豪。去鄉摩詰思萸少，過友浩然就菊遙。最是山巔吹落帽，至愉花下送香醪。千古高情空豔羨，星星雙鬢怯登高。

懷 旨雲師

偉哉程夫子，學苑齊知名。春秋成圖考，義理通宋明。為人溫而厲，步趨孔聖行。教誨終不厭，仁智留典型。駸駸歲月改，不改仰止情。

觀戰

龍沙隨天迴，雲翳收夕晴。暮色添肅殺，塹壕連縱橫。戎車旌相望，百里風迅生。方懼枯萬骨，淒淒鬼神驚。焉知有孫子，不戰屈人兵。但願烽火息，長茲寰宇清。

觀戲

世事頻入戲，慨慷同古今。詭奇豈虛構，俯仰近可尋。三遷孟母少，他歧迷孔林。桃園義厚結，琴挑羡知音。天涯竟咫尺，千載若寸陰。哀樂都幾許，斑斑淚霑襟。

晨遊陽明山

靈山迓稀客，曉嵐起濛濛。紅櫻偏試蕊，杜鵑笑迎風。通林幽徑曲，春鳥鳴澗中。瑩瑩草木淨，清氣沁腹胸。閑依雲亭久，幾回契玄同。

懷社友張夢機教授

群巒繞迂曲，虹橋臥清流。天際送斜日，品茗共銷憂。論詞成奇構，幾番舉觥籌。不道人事改，風月多怨尤。目極藥樓遠，臨高謾凝眸。雲腴情長在，何當續前遊。

新年

臘盡朔風弱，怯怯將春迎。雲霞曙濱海，山抹微嵐青。戾氣湧南北，選賢疊紛爭。烽煙車臣織，神戶傳殊驚。瞻顧多愀愴，幾番寢難成。但願新歲好，廓然遐邇清。

賀社友陳伯元教授六十

甲子慶又始，添鬢傲流光。不必養於國，豈須杖於鄉。闢徑譽遐邇，聲韻因發皇。坡公契久矣，適性有杜康。欣此耳順去，歲月仙松長。

賀汪社長雨盦教授七十

當窗蟬鳴正殷勤，風催榴紅月開雲。通宵歌筵壽詩伯，綠鬢朱顏鶴精神。自古鳩杖稀於國，公遊翰苑獨絕倫。標格清逸凌鮑謝，駸駸筆勢追右軍。酒餘欣欲計年歲，更盡一杯問莊椿。

杜松柏

一九三五年十月生於湖南省衡山縣。一九四九年至香港，後至臺灣，一九五七年畢業於淡江大學中文系，一九六〇年臺灣師範大學國文研究所碩士班畢業，一九六五年臺灣師範大學國文研究所博士班畢業，以《禪學與唐宋詩學》獲文學博士。淡江大學聘為中文系副教授，臺灣中興大學中文系聘為教授。曾至日本京都大學研究一年，美國夏威夷東西文化中心研究一年，中華民國孔孟學會理事長陳立夫聘為兼任秘書，主編《孔孟月刊》、《孔孟學報》，並為博士生導師，《新生報》等專欄作家。退休後寓居美國多年。近曾應邀至四川大學作講座專題演講、博士生答辯會委員。主要著作有《國學治學方法》、《詩與詩學》、《禪學與唐宋詩學》、《禪是一盞燈》、《禪與詩》、《知止齋禪學論文集》、《佛學思想綜述》等十餘種專著和有關禪學、文學、文字學、詩學等學術論文約四、五十篇，約數百餘萬字。參加國際學術會議發表論文十餘次。另外還主編《尚書類聚》、《楚辭彙編》、《清代訪佚詩話》叢書。

訪觀堂詠王國維

我有扶桑行，觀堂訪佚事。巍巍梵王宮，我公讀書地。惜無白頭女，為說當年異。披目求遺文，百結愁難置。自云情感多，難研哲學義。奮筆為文雄，理性多難棄。茫茫求所歸，咨嗟幾哭泣。鉅篇百卷餘，考史尤周備。投水若彭咸，又招身後議。治學二重證，奉之不敢易。

食鰻

似蛇亦曰魚，淹游溟海裏。未具化龍技，聊目樂雲水。更有溯溪游，洋洋伴鰱鯉。網釣捕之來，鼎食喜染指。或同紅藥蒸，佐我樽酒簋。或於火上燒，風味呼醇美。長軀寸寸斷，肉膩入舌齒。鰻鰻且勿悲，爾亦常魚耳。

香港探親

地塌天崩生民苦，永嘉南奔數十春。
庾信江南哀不盡，骨肉生死久愴神。
兩岸喜傳消禁限，重續親情探六親。
香江慶圓天倫夢，白頭父子疑幻真。
語罷仍疑人隔世，天曉垂問到鄉鄰。
拜妻跪孫何驚喜，欲來寶島細問津。
甘旨嘗品天廚味，街場購奉物物珍。
匆匆揮別仍各歸，迎養他日仍參辰。

湘農畫石

米顛拜石公畫石，生公說法石解語。
揮灑隨手何磷峋？破璞出玉非虛譽。
其中有精見我真，半在水雲映帶處。（楊震夷自署湘農）

榴火

一樹燒空照眼明，剪紅最愛數枝明。
幽齋午夢蘧蘧覺，幻作江南雨後晴。

追步魯師實先朱梅四章原玉

一

伴雪根雲正綻紅　上庠舒放向春風　願從高士移香影　畫入彭郎彩筆中

（彭玉麟先生以畫梅著稱）

二

已盟修竹共年華　惆悵瓊枝暗吐花　不向青廬飛翠羽　風光難入廣平家

三

雪覆冰封待發初　空呈綺麗夢成虛　彭郎只賦悽情句　怎慰冰心入夢疏

四

水漬苔浸時日侵　紅銷枝上歲華盈　卅年冷卻依雲夢　不向人前吐不平

午後山行小紀

偶憩

午後重臨不計回　愛山長是步崔嵬　蟬聲漸噎秋聲晚　碧樹相憐一坐偎

野芋

野芋叢叢勝在田　搖風曳翠伴嵐煙　無能獻作筵邊味　樗櫟天全受一憐

觀竹

琅玕響葉遍溪東　玉骨猶堪對冷風　自被坡仙邀俊賞　不辭作杖伴盲聾

禮蘭若

遙從蘭若入雲深　曲徑交柯處處陰　正午鐘聲飛梵唱　空階悄立滅塵心

觀釣

驟雨清溪濺碧珠　垂綸幾處釣灣隅　竚觀誚免持竿累　數共虛鈎起惜吁

聞桂

陣陣幽芬出桂叢　花藏葉密動香風　心怡慮靜徐徐吸　懶骨詩情兩適融

哀郝內閣

百年老店說新開　舊日群英半棄林　史傳蕭何勞記取　今非豐沛不登台

酒邊

英雄寂寞拒人憐　伴美消愁向酒邊　信陵長夜風流在　工部止杯潦倒前
默飲多因箕口譖　劇談總愛主賓賢　追陪五柳承招宴　不懼難成醉後眠

返鄉過老屋水塘

幾度清漣入夢來　潛游學泳趣無涯　菱歌舊侶生華髮　竹仗牛童葬草萊
豆架瓜棚風習習　衣坫圃腳浪洄洄　重回怯作臨波躍　伯母歸魂不勝哀
（伯母遭鬥投水）

失硯復得

家有二石硯家難時不知何故拋入水塘幸重得家父囑傳子孫

破戶誰拋白浪中　苔侵浪漬若冥鴻　消融墨瀋魚蝦食　凸凹石痕見介宮
世變主人離械絏　時移涸水出溟濛（文革平返後父親釋放）　欣然揮灑成銘記
囑咐兒孫繼祖風

因浮言告父老

中歲才成博議書，非同裘馬賦歸歟，多金竟興雄資謗，高仕紛言大官除。
一襲輕衫慚絳帳，半瓢粗食樂青蔬，扶桑美國曾遊學，碌碌無奇正是余。

步家大人七十一感詠第二章

七二雲峰望不疲　嚴親卅載告安夷　龍回劫解誠天幸　烏養情虧益子悲
鳩杖輕搖云避壽　桃觴欲設嘆睽離　艱難雁足傳詩至　吟向燈前一展眉

（家父卅載勞解放回
自號龍迴老人）

夜讌

華銘歸國於炳耀席上囑作
兼柬諸學長

天涯萬里卅年回　綠鬢星霜歲月催　酒陣連場歡帶淚　詩才夙作錦成堆
（華銘為詩人）
汗戈教戰藍山遠　虎帳韜謀舊友開　漢賊王師成涕笑　蜩螗
傾鬥暫同悲

獨坐國旗亭

新正之三日登永和小山妻未能從

六角孤亭四面風　新年砲竹破遙空　霏微雨濕銷人跡　去住雲寒斂花紅
靜坐靈台除染垢　浮生濁世感衰翁　歸來妻道盤飧晚　一室香盈春景融

王玲女史招宴水仙谷

箋哲夫兄並乞仁鈞兄作書

泉鳴水榭樂聯翩　韻繼蘭亭聚水仙　入座生風欽笑語　舉杯邀飲待蟬娟
籠鵝益價詩家喜　油壁增輝淑女憐　詠罷尚饒餘事在　煩君揮灑上濤箋

憩漁人碼頭

舊金山勝景之一

風帆巨艦沒煙波　不見持綸戴笠簑　市物喧囂成鬧地　輪車熙攘似忙梭
蝦魚試酒姑閒坐　雀鴿依人一逗磨　信美江山頻眺望　憑軒豈可放漁歌

夜夢侯公叔達

夜夢精魂醒讀詩（公有台灣詩稿）　終生感記受恩時　相逢未有曹邱介　推挽常如雨露滋　國士空慚青眼顧　棗梨輒是掖評垂　雲山望裡天人遠　忽仰音容夙昔姿

柏克萊即事

元甫兒方卒業此校

遠來名校坐階前　且聽吾兒説近年　數載窗燈勤課讀　今朝景事尚情牽
行遊學子多華裔　粗覽風光喜管絃　拙作高藏聊一慰　神馳山長姓為田

舊金山保釣感時

兩岸旌旗耀此鄉　仇倭保釣陣皇堂　春秋十世難抒恨　美日連横倍可傷
已背約盟同廢紙　渾忘崎廣似屠場　張拳奮呼徒悲慨　他日惟祈我武揚

偕內子木柵茶園品茗

梵宮重來不記年　輕提鐵杖探茶園　漫汗迎風消暑氣　飛聲隔葉唱初蟬
水響窺壺漚正起　香生試舌味多妍　心閒適見雲舒卷　緩步相攜憩道邊

三希堂偶成（堂乃故仿乾隆書齋而成）

水沸琴鳴每引觴　冬陽午憩共茗香　青山對坐雲來處　逸興遄飛寶藏傍
談笑偶然傷世事　騭評互許見金章　歸休計日吾將老　尚約時還挹翠蒼

尤信雄

號西堂，臺灣彰化人，一九三八年生。國立臺灣師範大學國文研究所畢業，任教臺灣師大國文系垂四十年；曾任中等教育輔導委員會主任委員、學務長、代理校長。後應聘中國文化大學中文系主任、中文研究所所長。現為文化大學專任教授、臺師大兼任教授、中華詩學雜誌社社長。專長領域：中國文學史、中國詩學。

著有《桐城文派學述》、《清同光詩派研究》、《孟郊研究》、《葛洪評傳》、《詩歌韻調通檢》、《西堂詩稿》、《詩府韻粹》（與王熙元、沈秋雄二位教授合編）等。

春雨篇

萬壑雲氣動。草木最知音。才滋青春色。過花欲霑人。但恐礙鶯語。無意洗幽氛。白鷺飛漠漠。新禾已欣欣。何憂濕歸燕。澤物到窮邊。渲染皆成畫。隨夢入江南。聖功亦有憾。無由淨烽煙。從來贊化育。盛德驗豐年。

春雷

應時群陰肅。積風翻燕歸。一聲春氣動。崩雲發神威。送雨助農功。驚蟄畫龍飛。虺虺穿地穴。闐闐開天闕。含潤萬物春。怒拔山川裂。霆轟魑魅驚。電掣砭宿憊。一鳴眾囂失。再鼓發世聵。

颱風吟

臺灣長春稱寶島。四季花開草不老。婆娑之洋藏不測。風伯風姨多反仄。

驚聞颱風一夕來。千村萬落茅屋開（兒時所見如此）。狂飈拔樹綠草折。禾黍委地香蕉裂。黑雲紫電宇宙昏。傾河倒海濕乾坤。通寰長衢行人絕。霓虹失色暗千門。不聞歌舞風呼嘯。怒氣厲聲市肆暴。曲街成澤見行舟。瓦木零落市招倒。救災振難多仁人。可憐災黎難舒顰。嗚呼。何當科技制此禍。寶島欣欣得長春。

詠懷

我本田家子。少小居江鄉。青山長相望。綠疇到晴窗。耕讀尚知娛。朝朝爭初陽。野處無人事。但見桑麻長。垂釣春江綠。拾穗菜子香。及長事遠行。負笈來江城。江城風日美。客遊多鄉情。青衿送駒隙。鄉居反為客。重以生事繁。遊學得教席。卜居城南隅。常苦形自役。晨興無雞鳴。車馬喧日夕。京洛名利場。素心難安適。憶昨何悠邈。去矣懷簡樸。細雨濕東籬。懷哉種花藥。何當酌春酒。重溫鄉居樂。

人造雨

噫、吁、難呼。奇哉。人造雨。人造之雨誠何物。為霖利物能幾許。古來雨露天所均。陰陽調順占十五。水旱風雨自然生。雷電神威發天怒。舞雩祈天古所聞。千載未聞可造雨。豈知蓬瀛秋來旱無霖。新禾西疇望雲霓。老農苦不稼。萬物需膏滋。旦暮飲水愁無源。皆怨風姨獨來遲。邇來聞道科技能勝天。何須謁廟周歌雲漢詩。乾冰能化雨。雲氣變霆霓。氣象得宜急驅飛機上九霄。呵電鞭雷猶勝綠章羽檄馳。霎時霖雨澤物如膏入。旦喜終朝斜風逐潤吹。嗚呼偉哉人造雨。一朝解旱潤無私。能贊化育事非奇。物理格至無神機。昔我中華文明盛。火藥羅盤術精微。考工製作古稱雄。而今式微反師夷。觀乎造雨可為鑑。重振科技當其時。

太空梭

山海職方奇事多。登天未聞太空梭。一葦可航窮碧落。元是乘槎到星河。

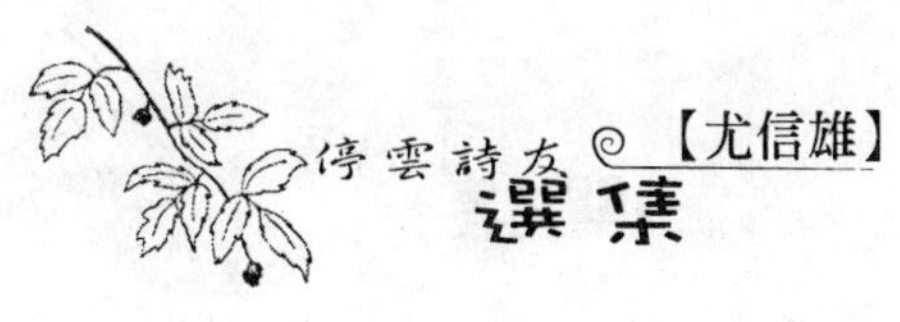

九天沉沉廣寒淨。姮娥飛昇應可信。人間回首一輪生。星月可攬期相贈。
一朝太清恣優遊。重回紅塵有客舟。飛騰莫喜紅日近。天上人間兩悠悠。

夜讀

月冷梅影伴書燈。紅泥爐火映霜清。風簾書聲禁朔氣。把卷時覺有古情。
焚膏喜對沉沉夜。每向風雨聞雞鳴。

詠杜公

風雅千古有杜甫。命憎文章何齟齬。自謂挺出失要津。名垂無用困龍虎。
窮途高歌神鬼愁。寧恨飽死填溝壑。京華憔悴草堂閒。采柏盈掬青衫薄。
錦里為農豈小人。遠慚勾漏無靈藥。蜀山青青江水平。萬古詩文長飄泊。
浣花溪邊幽居在。杜鵑啼盡有詩聲。詩律精細豈餘事。濟時愛死非爭名。
自來豪傑皆窮死。身後美名酬幽辱。少陵千篇真唐詩。風雨淒淒愁來讀。

樓望

軒明氣暖似春融。閒倚晚晴迎好風。新雨時霑一階綠。夕陽又照半山紅。

淡江落照

寒江古渡水悠悠。水淡仍憐萬古愁。波上斜陽搖不去。餘暉猶帶一沙鷗。

重過碧亭

虹橋影畔憶前遊。猶見盛愁舴艋舟。別後明潭春似舊。青山脈脈水悠悠。

餞春 三首之一

花飛又唱曲江詩。且惜東風力盡時。無賴春光染烽色。常新時局入圍棋。

煙波已釀一春酣。離緒偏縈千柳絲。海外兵氛滿歸路。天涯何忍與君辭。

雨中過草山

霏霏細雨近黃昏。冷漠山光曲抱村。秋晚尚憐花滴淚。風枝應有杜鵑魂。

讀洛神賦

通谷依然不見人。漳河流盡古時春。陳王七步詩遲就。豈得江干賦洛神。

陳王千古捷才，幸而七步詩成，設若遲就，則已被害，豈得歸賦洛神。

奉和夢機登草山詩

搖落寒山餘黛色。嵐光萬疊欲霑衣。繁櫻夢遠春何在。冷瀑聲高語漸微。

半嶺斜陽為客駐。疏林棲烏共雲依。相看杖藜尋幽處。已有清吟出翠圍。

落花

故林花動到春城。經眼繁華難繕營。紅落眉端驚蝶夢。綠滋客裡畏鶯聲。
未成国色能無恨。已作春泥翻有情。畹晚佳期連日賞。蜂閒蜜冷解餘酲。

壽景公夫子七十嵩慶

海上漆園生古春。每從絳帳見精神。八千為壽椿非老。七十從心性最真。
早著功名榮利淡。猶耽詩酒好篇陳。化雨清露多桃實。共祝黃眉一展嚬。

奉送雨盦師聘韓講學

風雅通無極。衣冠出上庠。吟從東海去。書到異方香。客館寒花發。燈檐
清酌長。春帆細雨足。何日奉吟觴。

東坡赤壁泛舟後九百年作

白露橫江赤壁清。縱情一葦江月明。舉酒高歌窈窕意。悠悠寒簫客心驚。
水月異代各有主。安得共適結詩盟。悵望千秋驚一瞬。物我無盡想幽情。
東坡意氣真豪客。憑虛抱月濯素魄。長江無窮石不改。江山如畫豪氣在。
故壘一闋動乾坤。大江東去氣如海。遺響悠邈託悲風。斷岸千尺俯幽宮。
回首江山不可識。但見驚濤裂長空。蒼海一粟真如寄。江聲猶帶千古氣。
一瞬九百歲月流。天地偏入宋玉秋。西望神州愁眉外。何當赤壁泛輕舟。

伯元學長贈薛濤箋

伯元浮海香江前。講學詩酒皆稱賢。停雲一別嗟伊阻。千里寄我薛濤箋。
淺紅小彩松花紙。猶見佳人拂朱紘。裁書供吟真雅事。寒墨寫來色猶鮮。
錦江南岸百花溪。玉女汲井搗紅泥。蜀中才子本風雅。裁箋酬獻小字題。
華陽高樓吟詩處。女冠謝濤事亦奇。悵望千秋風流遠。撫箋低吟日暮時。

溪頭杉林溪作

杉林一宿生幽境。劇夢亂知靜吾心。域裡風雲本無色。眼前山水有清音。
一谿碧草梳時慮。幾點丹楓照海襟。旁若無人唯鳥語。桃源何誌自深深。

詠史 八首錄二

屈原 之一

澤畔行吟非楚狂。靈修千古自堂堂。汨羅忠愛流不盡。江蘺獨秀為誰香。

鄭和 之二

鄭和功在西洋下。威鎮殊方漢使前。萬里驚濤輸壯志。千秋海業一帆先。

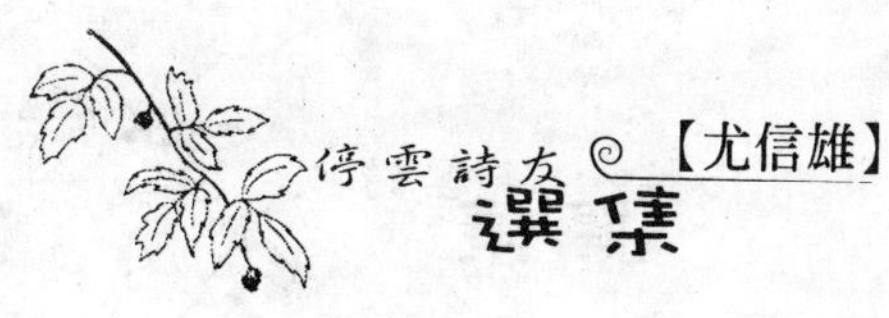

新年

筆破餘寒醉墨濃。江樓無事又東風。且將青眼看春色。人老年新爆竹中。

恭壽　錦公夫子八秩嵩慶

悠悠大塊生奇德。命世真儒歲月新。馬帳早盈八斗士。漆園已種六千椿。斯文布濩歸高雅。林壑優遊有至仁。騰美總龜得私淑。霞觴頻舉最相親。

壽社長雨盦夫子六十嵩慶

懷寧山水異。毓賢多磊落。雨盦吾夫子。儒雅驚凡目。蓬嶠甲子新。添籌盈海屋。佳筵桃日開。三祝君子樂。詩國種靈椿。酒聖得仙藥。醉歌青蓮月。陶謝見清真。談藝逼伯簡。論詩子美親。興來落豪筆。勢能揮千軍。飛毫挫萬物。米黃早為鄰。已稱一代手。二筆皆生春。定卜日月長。共舉北海樽。

重陽有感

秋深正肅殺。此日何須忙。人事今日意。寒花去年香。髮短不著帽。風流入詩腸。佳陽風雨過。壯心恃酒狂。不畏筋力異。登望何自傷。

壽伯元詞長五十大慶

蓬瀛乾坤異。桃日開佳辰。半百分春色。海上種靈椿。初度能知命。大衍性最真。詩酒送日月。明音酬平生。高步眉山後。許鄭並為鄰。江西文章地。風雅許二陳。

追和　魯師實先朱梅詩

四首錄二

春外何須怨物華。香傳雪裡有奇花。誰憐麗色清非俗。孤瘦偏宜處士家。

數枝紅艷酒酣初。快意檀心豈抱虛。一樹綺窗驚爛漫。絕勝松竹老扶疏。

沈秋雄

字伯時，一九四一年九月生於臺灣臺中縣。文學博士。歷任台灣師範大學教授、南韓忠南大學客座教授，漢城大學、延世大學、梨花大學兼任教授，現已退休。著有《說文解字段注質疑》，《三國兩晉南北朝春秋左氏傳學考佚》、《雲在盦詩稿》、《詩學十論》等。

到眼

到眼裙裾每出塵，風流莫說隔千春。年來蝸角觀蠻觸，漸覺今人勝古人。

雄祥兄以竹節兩面印見貽

遊屐伯羊每往還，西湖遼海又黟山。竹根攻錯成朱白，得意多應秦漢間。

新得溥先生鬼怒川畫卷柬瀨戶口律子教授東京

王孫行腳接瀛天，妙境新知鬼怒川。百里春風江戶路，花鬚柳眼太纏綿。

讀胡小石先生詩卷

槐柟詠盡又綸絲，杜宇聲聲日色遲。遇亂人間無可說，漫從禽木寫幽姿。

太希老人辭世一年矣靜夜檢讀老人所書冊葉愴然有作

如我者稀依鳳岡，有情無相故難量。小行書記前朝事，今夕披尋欲斷腸。

乙亥秋日與諸生遊草嶺古道

從來形勝地，古道入深蒼。偶見鷹雕翥，時聞橘柚香。弄泉成小憩，晞髮起秋陽。丘壑堪終老，漫言移柘桑。

碧潭懷舊

南北環潭路，他年印屐深。搴蘭傍滸渚，采藥入崎嶔。舟泛茶甌暖，橋憑夜氣沈。同遊有戢謝，慷慨不能禁。

重過忠南大學外籍教授宿舍

雀小肝腸具，蝸廬萬里身。遼雲不作雨，法酒每經脣。天遠愁危嶂，宵長思古人。堂堂十歲事，回首尚如新。

丙子春重遊慶州佛國寺

冷冷曹溪水，新羅一派深。虯松相識在，為我作龍吟。

丙子早春偕內子重遊雪嶽山權金城距上次之遊蓋逾十年矣山上咖啡屋小額曰山不若心山故有首句

山危孰若心，對此一沈吟。石上求前跡，渺然不可尋。

丙子仲冬與師大國研所宜蘭巡迴班諸生同遊棲蘭山神木園區樹皆依其年歲命以先賢之名有孔子司馬遷諸葛亮陶淵明李商隱歐陽修蘇東坡之屬

多少傷時意，飄然一杖中。喬柯傍曲徑，黛色洗寒曈。閑靜仍元亮，恢奇是史公。分明遺烈在，自昔仰高風。

鶴山教授先後以所編韓國及日本詩話叢編見寄

秋明曩作驚人語，流傳詩話總須刪。力爭此言非公論，前有郭君今鶴山。
郭君爬梳存兩宋，鶴山博洽周日韓。風雨名山幸及我，巨帙遠投雲在盦。
爾來我心恆不樂，展卷欣對祕府篇。文章巧拙亦細事，得意聊為一開顏。
浮生百年殊草草，鯤鵬逍遙莊生譚。翻憶儒城飛花日，岸幘相從丘壑間。
禽鳥多相識，湖畔雙翠鬟。何時更歸去，朗月清風與周旋。

宜蘭道中

屋舍儼然桑竹圍，更從何處覓漁磯。芒花到眼渾如雪，不逐楊花撩亂飛。

夜雨

不覺涼秋入短檠，臥聽蕭颯打簷聲。朝來識取風前葉，應有辭枝幽恨生。

丙子冬日與井星兄伉儷大安公園散策是日蒙以新採柑橘相遺故結聯及之

萬丈紅塵裡，偏憐此地幽。園柯欲翁茂，池羽自沈浮。腰腳誇君健，因循笑我優。分柑懷逸少，不覺歲時遒。

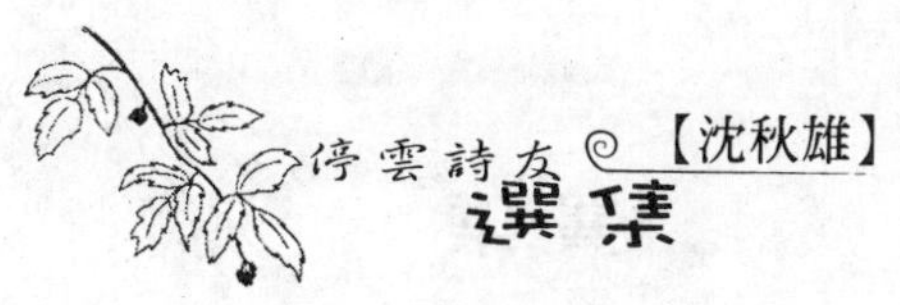

丙子冬日偕品卿德修二教授與師大國研所新竹班諸君同遊苗栗仙山陟其峰頂而返先一日宿綠色山莊

清沂如可逮，隨分起遨翔。翠筠憐南國，丹楓憶朔方。振衣憑嶂石，曝腹藉蘭床。詎有苞桑計，頹然揮一觴。

曩歲夜飲於北京頤和園之昆明湖有彈琵琶助興者近蒙允執兄追憶成圖為贈

月滿平湖霜氣清，琵琶鬟髻最關情。丹青曲寫春風怨，指上如聞塞外聲。

所居忠大宿舍外小山多松樹春來丁香數叢作白花頗繁義山詩云芭蕉不展丁香結同向春風各自愁聊為廣之

蒼髯坐對歷秋冬，素靨春來亦盪胸。何事詩人懷抱減，眼中花草盡愁容。

忠大校園櫻花甚盛可惜花期不長觀賞之餘仍憶去年隅田川畔舊事二首

仍是當年萬里身，花間留照倍精神。風光可惜無多日，一陣狂飆吹作塵。

繁花看到成飛雪，舞片參差墮客衣。惆悵一年殊草草，隅川春事記依稀。

初夏即事

翳翳清陰取次成，山南山北杜鵑聲，熏風十里岡頭路，人在洋槐花下行。

戊寅冬至後一日與寅初兄嫂漢城奧林匹克公園閒步寅初指點南漢山城為說一六三六年丙子之亂時事

滔滔逝水孰雌雄，南漢山城一望中。朔氣稜稜霜日短，兩三烏鵲噪西東。

與武志長如續元貓空看杏花

杏鬧關吾輩，同來不計年。素心足愛惜，世運任推遷。取次茶甌暖，從容山帶妍。還將蠟屐興，一眺夕陽邊。

辛巳臘月余與武志兄有紹興之遊迫于時程唯東湖及蘭亭匆匆一詣而已其餘諸勝未能遍訪也

把臂為昆弟，山陰曳杖行。息心層嶂峙，照影一湖明。勝跡池如舊，人間劫屢驚。沈園離合地，經過意難平。

壬午秋日攜眷遊北海道丹鶴園書所見

萬里同南渡，羈留獨不歸。羽將紅日短，魂逐白雲飛。分食來鵶鵲，環居起柵圍。怊然故國夢，秋入帶芳菲。

師大課堂聞窗外樹禽聲喧惘然有感時癸未年元月九日也下月起將自師大退休矣

四十年來聞此聲，啁啾今日倍分明。虯榕偃蹇饒餘態，空翠因風冉冉生。

赴造橋途中書所見

重陰漠漠入遙青，桑竹儼然起白翎。可惜江山供老眼，魚龍亂舞有腺腥。

國道關西休息站偶成

盤空霜羽負斜陽，去住隨緣夢一場。人物同來非往日，亂山依舊印眉蒼。

鶴山教授聞余舊疾復作自韓來問並以熊膽為饋賦謝

老病非復昔，一臥竟逾月。重勞鶴山翁，不辭滄海闊。遺我熊之膽，長白山所抉。碎片小於指，參差入瓶缽。謂能癒我疴，法用清水合。感翁意纏綿，詎敢空陳列。一試知苦辛，再服疾稍拔。會當殲此頑，還我神明豁。憶向在儒城，甲寺數共謁。學海頗涉窺，參稽意每愜。牡丹呈艷姿，慰我心如鐵。河豚芼青蔬，此味猶在舌。盤遊盡三韓，把臂成莫逆。霏雪已魂銷，秋山尤奇崛。舊跡須重尋，相期及來日。

耀庭兄以二玄社本武元直赤壁圖卷見遺

鏖戰三軍走老瞞，坡翁遺意此盤桓。他年我亦江山客，舊跡憑圖一按看。

張夢機

一九四一年生，祖籍湖南永綏，生於四川成都，長於臺灣高雄。弱冠，遷居臺北迄今。畢業於臺北師大體育系及國研所，獲文學博士學位。廿六歲，在北市聯吟大會中掄元；卅八歲，獲全省詩歌中興文藝獎、全國中山文藝詩歌創作獎。曾任中央大學中文系所教授兼主任，現因病退休，閒居在家。著作有：《師橘堂詩》、《詞律探原》、《詩學論叢》、《藥樓文稿》等廿五種。

逭暑

火雲厲日恐難禁，樓外風微不滿林。鳩喙空知呼少婦，荷錢但欲買濃陰。
身當詩案冰先飲，意與潭波鱉共沉。卻熱於今無上藥，惟教淵默護孤心。

蝸廬

客裡光陰一睨過，上都消息近如何。能賡高詠身非贅，只聽疏蟬髮已皤。
教戰從知蘇軾少，見賢真感冉求多。久耽磨墨看顏帖，自愛臨池不換鵝。

秋襟

天氣微涼雁不過，蝸居岑寂似山阿。孤燈影壁泛紅暈，幽幔卷秋生翠波。
靜裡閒猶檢書卷，夜來渴欲飲星河。庭邊蛩與樓心月，惹得離人涕淚多。

雨後

新涼萬里斂塵氛，已默霏微又夕曛。搜句無才弔湘水，悼亡有淚哭秦雲。
泥深車轍喧呼去，葉重禽聲上下聞。誰料閒居猶負謗，歸歟真欲臥煙熅。

憶昨

憶昨鯤南茗尚澆，繁燈照夢鬥秋宵。十年橫舍添新構，三頃晴湖臥曲橋。
海氣涼侵壽山月，詩聲遙答愛河潮。前塵歷歷腸堪斷，愁對風霜髮已彫。

月夜

圓蟾恰似水晶盤，對影成三夜已闌。事往多情餘舊夢，詩焚何計得真歡。
黃花低裛娟娟露，翠幙高收惻惻寒。莫訝冥濛丘壑小，休燈我作岱宗看。

二疊前韻寄幸福弟

盆栽花氣接杯盤，暗葢啼愁夜向闌。搜句簾前聊破寂，披書燈下偶成歡。
力衰難運陶公甓，歲晚誰憐范叔寒。此去碧潭不三里，一篷煙月水漫漫。

冬夜偶書

障塵街樹已棲禽，坐眺難安落寞心。山壓萬燈樓不動，寒侵雙袂夜初深。
群書零楮攻文史，北斗南箕證古今。偶向艱危感時序，三年彈指一沉吟。

追憶夏日作

擁翠林邱笑獨眠，蟬聲叫破午時天。泉甘購作烹茶水，荷小留為買雨錢。
自向揪枰習棋譜，偶從宴樂念冰筵。寒暄互羨何時已，坐眺朱廊綠幙邊。

夜歸

襲袂寒流入夜增，懸天老月照丘陵。久抛文案三千牘，又見山樓十萬燈。
河嶽九州徒在夢，窮通一念澹於僧。車過橋上孤城近，認得軒窗薄霧凝。

題牡丹月曆

怪底牡丹生壁上，枝枝葉葉湧芳華。鞓紅雪白無雙貌，魏紫姚黃第一花，
不向名園矜絕色，翻從殘臘泛春霞。畫圖十幀陪孤寂，默顧渾忘歲月賒。

玫瑰城即事

初陽樓舍歛微塵，眾綠沿庭漸已勻。南國驚回千里夢，東君早賜一城春。
幾時佛日消三障，何處琴音濫四鄰。莫笑此身成落索，書香山翠漫相親。

入市道中作

車行官道漲塵氛，叢竹飛青日欲焚。夢去四圍皆嶺樹，愁來一割是溪雲。
樓形拔地參差起，人海生潮往復勤。三載深居偶然出，稍從游衍廣知聞。

記灘江

憶昔灘江溽暑經，坐聽水鳥喚山靈。一船劃破千波碧，眾岫堆成萬古青。
高興已緣蟬叫起，宿酲漸被茗澆醒。消閒半日登陽朔，連隴猶聞晚稻馨。

記頤和園

踉蹌兩至北京城，林苑湖樓認晚清。十頃晴波飛鷺影，一園叢樹衍蟬聲。
長廊才惜春歸去，游舫驚看石鑿成。莫道慈禧邪侈事，興亡付與夕陽明。

檢篋見舊照有感

偶從影像溯前游，還向衣衫辨葛裘。曾慕九重一鴻鵠，今過五十四春秋。
他生願作賡吟客，此日猶為待赦囚。勾起神州山水憶，疏蟬淒棲叫清愁。

山行

輕雷車是下山忙，官道縈紆夕樹旁。燈亂乍疑星在地，月明莫訝夏生霜。
偶因獲赦心初放，真感賡吟興更長。猶恐餘生為棄物，縱游未必計全荒。

和龔稼老新秋即事

感事寧分衰盛端，且將洪憲等同觀。中堂何畏北歐遠，飛彈不嫌東海寬。
漸覺黃花落汙瀆，徐看白日下重巒。波雲譎詭雖千變，賸有孤心尚似丹。

晨起

天氣微涼風正淒，車聲往復藥樓西。說殘曉夢烏雙去，催老流年雞一啼。
書卷猶存甘落寞，頑軀多累要提攜。邱山咫尺疑登戶，漠漠寒雲壓樹低。

春興

不是夷齊亦食薇，風光撲面興無違。連朝山貌因雲秀，一夜溪身得雨肥。
真感陶潛詩跌宕，漸知李耳道深微。剪春燕子多情甚，惟見銜泥兩兩飛。

安閒

漸變鳴禽換物華，安閒疑是在僧家。悠悠春讀樊川句，裊裊煙分普洱茶。
眼底人才異江左，樓前庭榭即天涯。不知雨後杭州道，是否朝來賣杏花。

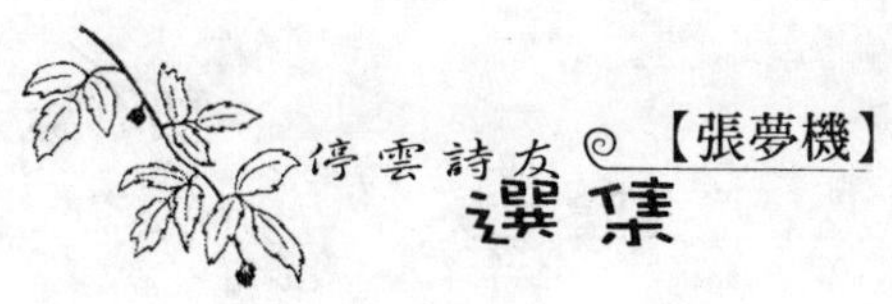

【張夢機】

明經過話

竹塹遷來喜接鄰，一樓語笑見情親。餘生只願身非贅，往事同嗟夢已陳。久渴窮魚初得水，將枯槁木又回春。不嫌翰墨污尊目，清暇還過讀畫頻。

平居感春

前廳書畫是朋親，樓外山光翠早勻。簷雀喚來三已雨，水芹炒出一鍋春。從知竹死難為笛，多恐溟枯漸有塵。經貿已令支國脈，那堪俗化薄非淳。

新店述事

萬古青山直至今，潭波一碧暑相侵。憑將舊憶過槐夏，攜得沉憂臥杏林。峰好乍吟錢起句，水流誰鼓伯牙琴。半頹槁木當風處，蟲齧經年恐不禁。

震夷先生畫石

楊君濡墨氣軒昂，犖确都歸筆下彰。欲覆雲根松蓋碧，自依地骨菊花黃。
補天不乏巖巖在，佐岳何愁磊磊荒。怪底祝融峰上石，畫中飛落澗谿旁。

憶北京潭柘寺

呼朋郊外來蕭寺，賸記吟哦倚殿廊。老幹撐天銀杏白，清陰覆瓦古松蒼。
臘邊有客攜寒氣，劫後無僧掃夕陽。欲向空門聽梵唄，那堪梵唄已全荒。

秋興

深居地辟遠浮埃，秋日樓望翠樹陪。曉夢早因雞叫醒，晚晴已被鳥銜來。
人依舍下群書坐，詩奪山前薄靄回。卻憶風光年少事，上庠曾是騁龍媒。

戲筆

紅葉棲霞入念燒，秋來奇想忽岧嶢。豐城漸欲尋雙劍，弱水真堪飲一瓢。
午夢驟因山雨斷，閒愁輕與藥煙搖。揀金連日評詩卷，翻覺塵沙久未消。

讀稼老青潭閒趣詩次韻

瑤札攜來眼忽青，墨香撲袂散花馨。沾詩疑濕秋潭水，下筆須添夕靄亭。
白鷺一行飛似雪，青山十里列如屏。回思樓上烹茶坐，瀹翠風鐺耐細聽。

金陵懷古

形勝江東入夢深，秋窗客枕起微吟。降旛豎處金風冷，劫火消時鐵鎖沉。
鍾阜猶饒龍虎氣，臺城總負帝王心。南都不守長江闊，留得潮聲說古今。

傅武光

民國三十三年六月二十二日生，台灣新竹人。畢業於國立臺灣師範大學國文系暨國文研究所，獲教育部頒授國家文學博士學位。著有《四書學考》、《四書總義著述考》、《論語著述考》、《論語論著目錄》、《孟子論著目錄》、《孝經論著目錄》、《呂氏春秋與諸子之關係》、《孔孟老莊思想的平等精神》、《中國哲學史論集》及古典詩集《鳳陽牧歌》。其中《鳳陽牧歌》，即本詩集所錄之三十首詩，獲九十四年教育部文藝創作獎古典詩詞類優選獎（首獎）。

登太武山

太武聞名久，登臨一愴然。遠帆停泊處，應是舊山川。

太武山遠眺

其一

岱嶽終南夢久違，登臨無處不思歸。中原只在江灣外，空見群鷗自在飛。

其二

浮海西來無限意，還如屈子賦懷沙。傷心最是登高處，不見長安見落霞。

題《彩色中華名畫輯覽》贈美術系鄭生

世事至今無可論，全真端合隱荒村。丹青畫出乾元氣，默運天心道自敦。

慰友人落選

纔經危峽又臨灘，自古長嗟行路難。（鮑照有〈行路難〉十八首）知己相逢姑一醉，功名何害夢中看。

登獅頭山

萬壑千山一徑通，西風瑟瑟半林紅。心凝渾忘征途遠，回首家鄉夕照中。

秋聲

徙倚西窗夢不成，孤檠冷冷欲三更。秋風不解離人意，猶自蕭蕭作楚聲。

初客漢城

一去鄉關百緒牽，漢江欲曙未成眠。韞華臨別雙行淚，滴遍阿爺衾枕邊。

（小女韞華，時方十歲，送行至機場，雙淚闌干）

遊明孝陵

孝陵初到意蕭條，痛史斑斑恨未消。國祚自隨丞相廢，惟憑石馬認前朝。

（黃宗羲《明夷待訪錄・置相》云：「有明之無善治，自高皇帝廢丞相始也。」）

遊長陵

孝陵謁罷謁長陵，想見亭林當日情。故國幾番傷往事，陵前依舊柏青青。

（顧炎武詩云：「問君何事三千里，春謁長陵秋孝陵。」）

桂林伏波山

桂林三日雨滂沱，萬里來尋馬伏波。千古威名何處識？江干一柱立嵯峨。

（伏波山矗立漓江之濱，其狀如柱）

赴洛陽賞牡丹而牡丹落盡矣

其一

萬里飛來為異姿，滿園空見碧參差。暮春三月原非晚，國色由來難自持。

其二

聞道姚黃滿洛京，也隨坡老訪瓊英。兼程萬里非無信，轉恨花無抱柱情。

（蘇東坡與陳述古賞牡丹詩云：「今歲東風巧剪裁，含情只待使君來。對花無信花應恨，直恐明年便不開」。）

登五指山

山深小徑斜，古木綠交加。聲好尋無跡，香清知有花。白雲慵出岫，陶令遽思家。回首結廬處，溪邊好種瓜。

小園

家有小苑，山茶與玉桂並開，重葛共扶桑一色，日涉其中，有衡門之思焉。

小園秋已盡，花木尚扶疏，篁竹引高節，藤蘿上碧除。石榴時一採，山鳥亦相呼，白日南窓下，群芳美可茹。

紀夢

念載小蘋蹤，渺如出塞鴻。若何江海外，時至夢魂中。窈窕青衫影，依稀舊日容。相看無一語，惟有淚千重。

金門料羅灣登岸

灘頭百戰血猶鮮，纔下羅灣意肅然。天道未亡存此土，遺民久盼定三川。
卅年生聚還餘淚，一舉出征須靖邊。迢遞密雲橫岸北，不遮魂夢到幽燕。

太湖談玄

民國八十三年兩岸玄學會議召開於太湖之濱

江南春日好，傾蓋太湖濱。坐看風帆遠，還聆簷鳥親。玄言追晉宋，逸興出邊垠。不必羲皇上，憑軒足忘身。

謁中山陵

中山陵上雨初晴，松柏蒼蒼照眼明。草木似猶知偉烈，煙霞長為護英靈。
仁兼湯武除苛政，志紹唐虞開太平。天道不還年不永，回看臺海淚將傾。

長城

萬峰頂上列雄關，四十年來夢寐間。八達嶺前臨絕谷，居庸關外峙重山。
但憑危嶂一夫守，不教匈奴匹馬還。撫遍敵樓牆上石，始知邊塞計多艱。

經赤壁

遙想長江四十秋，今看江水拍船頭。九州由此分南北，兩岸憑誰辨馬牛。
赤壁已銷銅雀夢，白雲猶在百花洲。渝川東下三千里，萬古風雲一棹收。

北邙山

未到洛陽思北邙，梁鴻五歎意堪傷。兩京寥落行看盡，萬姓劬勞尚未央。
稷麥已連天遠近，隴岡不復塚低昂。撫膺踏遍邙山路，我亦欷歔一斷腸。

次韻鄒順初將軍七十感賦，以為嵩壽之賀

春風又放杏花紅，歲月忽如江水東。寶劍多年猶熠爍，詩情漸淡轉清空。
邊關賴有將軍計，金馬還存細柳風。願得河清人益壽，銜杯更慶九州同。

侍　陳師游蘄春

念載從游情益深，中原旅次共長吟。名山勝跡爭供眼，斷石殘碑亦快心。
論學渾忘征路遠，談詩不覺曉寒侵。蘄州風物多靈秀，展謁前修感不禁。

過汶水訪獅潭弘法院

獅潭木落燕南翔，舊地重來似故鄉。紅瓦數椽臨翠谷，黃花一徑入禪房。
自傷案牘容顏老，坐羨桃源歲月長。何日還居汶水上，教從摩詰嘯幽篁。

觀故宮所藏黃子久富春山居圖

富春佳山水，迤邐一卷開。微雲生幽谷，古木插危崖。曲徑隱復見，雁陣去還來。長汀疏林下，隱約見釣臺。臺上人已去，空階餘碧苔。嘗聞嚴子陵，幽居以葆真。既耕亦已種，來釣此江濱。富貴非所慕，一竿足忘貧。流風被天下，遂使民俗淳。偉哉黃子久，畫此豈無因。純白相與會，故爾筆有神。

新年

少小多暇豫，那知世事艱。常喜佳節至，遊宴樂無邊。歲月忽如駛，倏爾雪在顛。形骸不復實，衷懷亦已遷。佳節無所悅，春來良慨然。嘉會猥居上，銜杯怕問年。緬思古賢哲，志學久彌堅。明德懸日月，老去何所憐。

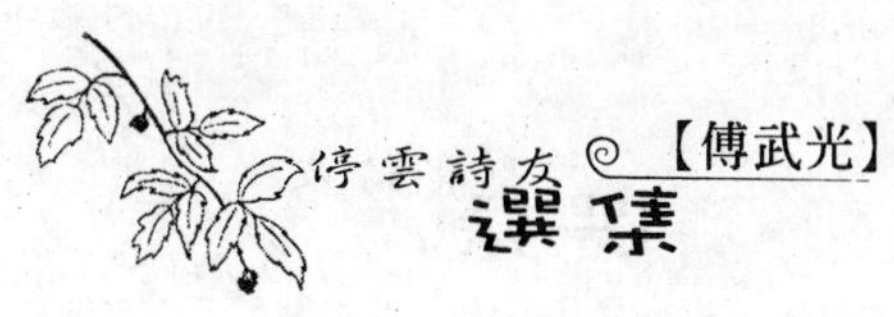

賀黃師八十嵩壽

古有大椿者，八千歲為秋。大年成大知，鯤鵬異蜩鳩。水擊三千里，搏飆以浮遊。遊乎方之外，翛然忘百憂。惟所不能忘，人間酒一甌。偶然逢嘉會，高興結綢繆。十觴都不醉，殷勤猶勸酬。舉座皆驚歎，黃師最風流。

早行

千里有嘉會，終宵夢不成。五更殊未盡，雙睫已先驚。起視寒窗外，萬家燈火明。巾車即長路，孤月隨人行。行行未十里，車聲雜鼾聲。東方雖漸白，不見朝日昇。未知霧色裡，雲山第幾程。

贈西子號西子

西子號者，杭州與無錫間通行火車之名也。一日與朋友數人自杭州共乘西子號赴蘇州，車上有服務小姐，皆杭州佳麗，明眸皓齒，倩影翩翩。一座驚嘆，呼為西子，並謂當有詩以記之，因戲為古風，於蘇州下車時，當面贈之。

朝辭杭城去，登車赴蘇州，車名西子號，行陸如行舟。當窗設虛幌，宛若流蘇帳。下敷紅氍毹，美人步其上。頭綰綠雲鬟，身著碧羅緞。微笑動明眸，一座皆驚嘆。翩然迴身去，明窗忽闇澹。須臾出門楹，素手端茶迎，殷勤待賓客，顧盼如有情。昨在西湖時，曾經見西子。西子如天仙，宛在水中沚。今夕復何夕，天仙在咫尺。諸君雖危坐，皆為不自持。戲言今一別，且當長相思。願此西子號，永無到站時。我自四十後，無夢亦無詩。對酒思三徑，臨池慕羲之，豈意當此景，心湖起龍螭，原來我亦性情人，不愛軒冕愛西施。人人盡說桂林好，我寧相伴杭州老，古今無限滄桑事，付與煙波一棹了。

文幸福

文幸福　字在我　男，一九四九年七月出生於香港，廣東寶安縣人。詩人、詩經研究學者，國立臺灣師範大學國文系所學士、碩士、博士，現任國立臺灣師範大學國文系所退兼教授、玄奘大學中文系所專任教授。一九七二年參加全國徵詩大賽，被評為中華民國最特等詩人（與易大德先生等同列共十名）。先後發表古典詩詞創作計有：無益詩稿、續稿，雞龍煙雨（九〇．九一客韓時作品）、明嬌館雜詩（九七．九八客韓作品），暨無益詞稿等。一九七九年應聘國立臺灣師範大學國文系、二〇〇四年應聘玄奘大學中文系迄今，其間曾兩度客韓為交換教授。一九九九年榮獲國際詩經學會頒授詩經研究成就特殊貢獻獎。二〇〇四年獲中國詩人文化會、中華民國傳統詩學會頒授宏揚詩教獎。

示兒

本家贛江陝，系出雁門族。蒙難入惠陽，輾轉鳳凰谷。正氣義聲振，望煙高樓築。七世居香港，窮耕青山麓。今我廿四傳，新田枕書讀。弱冠歌梁父，高臥曬吾腹。人責北壽山，因棄東籬菊。行篋入蓬萊，乘風破浪逐。懷土每依依，浮雲迷遠目。觀書苦夜深，聞雞被未燠。涵潛十餘載，艱難博士服。選執上庠鞭，春風隨化育。養兒瑋與瑄，娶妻賢且淑。二兒如我齊，妻子為薰沐。研經尚黽勉，修身貴慎獨。嬉戲難為功，精勤俾戩穀。遇事直道行，不忝祖德馥。

觀海

昔聞八紘九野歸墟汩，煎雲沸月蜃樓兀。又聞十洲三島排鶻突，天吳罔像緲恍惚。麻姑不勝滄桑怛，鮫人有情珠淚潑。何必海上尋紫闥，自有奇緣應生活。大壑鴨頭汪汪闊，遙看春酒葡萄醱。糟丘堆成青一抹，醉拍洪崖心懷豁。日邊帆影歸天末，白鷗驚起旋空聒。

酒花

銀川挹注傾天河，銀波滾滾翻靈鼉；銀蛇蜿蜒掛曲阿，銀珠點點浮蟹螺。樂事賞心影婆娑，春花秋月同消磨。頌德解酲驅困魔，臨風一斗百篇哦。頃刻中燒赤霞酡，天地賢聖嬉呵呵。

苦旱

炎風蒸暑氣，連月杳丁泠。望霓日杲杲，祭魚竟不靈。蘭澤漸成竭，山林枯樹屏。石燕猶為石，商羊不舞庭。重淵隱黑蜧，烈燄輝青冥。常恐歲薦饑，盜賊熾流螢。因念明聖主，自罪糾天型。樂民旌善政，願築坡仙亭。精誠感造化，觀音借淨瓶。待看蟻封穴，銀絲敲綺櫺。

有懷儒城諸君子

謙謙儒雅趙鶴山，長者殷殷著意關。捷才敏思白雲閑，蓬萊高閣月中攀。
亦師亦友崔夫子，相攜酒肆盃餚美。詩人崇德山仰止，一曲清吟壓囂市。
淳孝有美新生活，綵衣少年款款曲。總是此身有羈束，難憑豪氣杯相續。
俊浩得子萬事足，哈哈情懷性厚篤。偶然在手一樽醁，厭厭相呼脫塵俗。
麗雅麗質頗清淑，求道韓邦散芳馥。圭甲純純似璞玉，若經雕琢奪山綠。
忠南教授多賢豪，江山文藻出滔滔。聲名已逐長風翱，定能春色報李桃。

上巳雅集得「所」字

天地闊無阻，寓形安其所。窮達既委心，得失寧問楚。桑杯盛桂漿，胡麻美雞黍。俯仰欣所遇，修短知幾許。簿弈堪清娛，屠沽自豪舉。樂道王逸少，蘭亭修禊敘。曲水引流觴，興懷託豪楮。今昔固多慨，盈虛有定序。風月舞花前，玉山醉莫拒。

早行

宿醉夙醒殘月天，長街清道已翩翩。聲聲埽入癡人耳，仿忽松濤雜管絃。
小店騎樓燈火明，浮浮蒸煮漫雲煙。憂勤豫事事功倍，黽勉忙人豈記年。
又聞燕語鶯歌囀，公園望裡舞蹁躚。踏唱團腰翻玉佩，手牽手轉肩並肩。
不分東西相戲謔，何有南北孰後先？相邀對奕不爭路，彈唱同檯總是緣。
優閒一恁微風盪，析困解酲俗慮蠲。

士恆以五古長篇與予五十互壽因以七古答之

東官士恆世所奇，襟懷磊落白石離；詩書篆刻一盃酒，同門酣暢時相規。
與予互壽訴雲煙，撫今悼往語語是良醫。興懷感慨真一契，儷采百句事沉
思。華筵勸酌頗惺惜，問我何言豈無滋？人謂五十而知卅九非，今吾知命
憶前時：少年屈蠖麒麟腳，且耕且讀鄉人兒；自苦不偶南窗臥，輕狂載酒
訪東籬。魚目每相笑，何以保吾癡？徒令明月珠，黯然沒光熙。下里不與

陽春和，隼鳥獨向九天悲。旋將去國乘風浪，仗劍高唱陽關詞。上庠立雪待良工，楚璞險遭俗眼遺。薰陶野性歸直道，據德依仁飾羽儀。廿年飄忽他鄉客，契闊悲歡難盡知。董龍雞狗昏白日，哥舒帶刀謀其私；爭功諉過沽居逐，蹇驢狡兔盈丹墀。宇寰兩岸三邊地，風波擾攘急燃眉；巧排兩制變新局，過渡週年卻如棋。景氣枯榮固無定，冰炭心懷又是誰？臨事錯愕空張望，不決疑難付揲蓍。觀世徒然傷沉濁，博聞強問怯危機。香島逃禪入蓬島，再走韓邦豈戲嬉？逝者如斯已不諫，來者可追尚存疑。天道盈虧惟時用，人生順逆作緣隨。因陳故事心惘惘，反覺樽前與子脫樊羈。讀君長句解君意，百罰深盃更不辭。

註：《十六國春秋》：前秦宰相王墮性剛峻疾惡，時右僕射董龍以佞倖進，墮疾之曰，董龍是何雞狗而令國士與之言乎？

讀倪瓚雨後山林圖

蕭閑曲全叟，別號雲林子；身處異族朝，棲隱吳門里。元時多畫師，寄情山水美；蠻巒擁疊翠，嶔崎壯闊恃。雲林獨蕭條，幽澹古風起：瘦竹挺斜

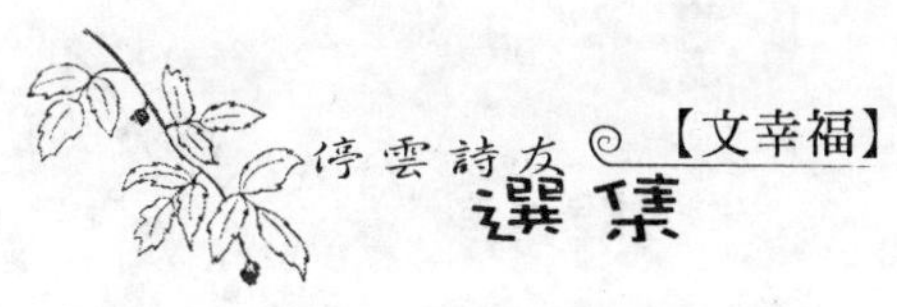

風，枯樹迎疏雨；三兩曠石層，一二矮屋戶。天地豈無人，宇宙一幀耳！筆墨緣偶合，意興妙天旨。不作王門畫，不淄雪肌理。輕財百萬捐，傲骨虎鬚抵。發桴浮五湖，望若神人栩。迂嬾聊自嘲，海嶽我為主。嘗聞詩品出人品，畫品料應亦如是；平淡出清高，數家孰與比。

註：倪瓚，字元鎮，號雲林子、蕭閑仙卿；別署倪迂、嬾瓚、曲全叟、海嶽居士。工詩善畫，其時富春黃公望、林平王蒙、武塘吳鎮並有時名，雲林晚出，畫風古淡，瀟爽不群，所寫山水，不置人物，此其民族意識也；遂定名於三家之上。董其昌謂其畫：「古淡天然，米癡後一人。」洵然也。

跋桂林風光曲

詩之為道廣，化育厚倫常。溫柔古儒教，敦品意亦良。國魂篇三百，周史識其詳。江漢湘水畔，浪漫楚騷昌。君臣逸興幽，柏梁共聯章。漢魏高風骨，七子繼陳王。六朝標綺麗，質薄有餘香。律絕新體創，唐音發幽皇。文章輝日月，李杜詩之光。宋人逞議論，縱橫到蘇黃。射雕彎大弓，役民楨尾魴。野性樂嬉戲，元曲始濫觴。馬鄭關張白，清雄美鳳凰。踔厲兼儇俏，幽豔吐晚芳。沉思歸翰藻，精麗金玉相。逸懷塵垢外，今古所周行。體製代有變，寄興各擅場。感時寫胸臆，輕婉切宮商。晚近崇經濟，性情谿徑荒。身家賭股市，嫌貧不笑娼。眾口慕繁榮，上帝也瘋狂。家彥陳夫子，論世熱中腸。別裁浩歌發，慷慨示津梁。小令多風神，麗月映秋塘。便娟善窈窕，空谷泉聲揚。桂林佳山水，高懷玉尺量。集此風光曲，書成貴洛陽。小子學平詩，興觀群怨張。拜讀聊抒感，振筆意彷徨。

股票族

進出每隨慾，瘋狂股票族。小道信消息，愚婦聽巫祝。身家圖一拚，不畏初生犢。罔顧本益比，誰知禍與福。急升總震盪，狂飆恐反覆！技術賴分析，操作宜嫻熟。跌時重體質，漲時順勢逐。多空龍蛇鬥，贏輸難問卜。無時卻還有，福兮禍所伏。景氣有榮枯，經濟留心讀。

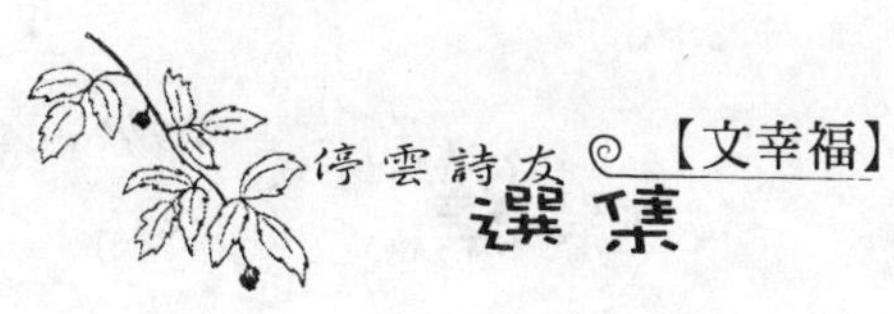

宿天雲閣

林壑鬱蒼蒼，清溪水流長。怡情幽境淨，泥土散馥芳。鹿鳴喚嘉客，坐擁千嶂脈。異草雜奇花，石化盤根跡。養胃苦茶籽，佐酒嫩土雞。享宴碧澄鯉，延年野赤萸。蠲煩遠塵城，迎風豁心眊。小住入天雲，悦性山水傲。

陪黃夫子錦鋐等師友夜飲燕子湖

翠屏宿鳥疾，江岸垂綸獨；野徑漫煙聲，沿谿探幽曲。識途訪舊店，買醉隱叢竹；啄粒嫩土雞，餐鮮掇葵菽；酒後挹清風，高談壓煩俗；漱齒茗香留，身輕城塵沐。

讀史

妻兒至親市虛榮，要離焚屍易牙烹。已教豪傑所不齒，終將暴骨填溝阬。

豫讓毀形報英烈，荊軻圖窮灑碧血。見義而為勇者哉，千秋壯士二君節。
能屈淮陰嘯虎狂，出遊上蔡逐鷹揚。竟同子胥腐鼠棄，原來鳥盡良弓藏。
穎川之水堪洗耳，首陽薇蕨難糊口。自苦豈足世風移，仁義高名今安有？
魯連笑談不受金，張良破產為報秦。最憐達命鴟夷子，悠悠湖海任大鈞。
每從讀史心駭愕，指掌翻覆浪波作。豈應帝子盡不仁，映霜孤劍竟誰託？
相逢意氣照肝膽，明月清風閒寬綽。坐對花間酒一壺，且共連呼飲淡泊。

行道樹

本家幽谷白雲鄉，蒙難移根大道旁。翠帶縈迴苦佇候，任教塵土封衣裳。
年去歲來春復秋，不披霞彩歷風霜。長街孤影吟夜月，一似金人承露漿。
車雷戰陣狂飆起，狹地求存亦自傷。何當客路濃陰盛，烈燄廣遮散清涼。

觀棋

消磨清晝覓良策，子曰何不有博弈。堯教丹朱瓊采擲，手談捉對幽人適。

神機巧布思運籌，合抱回環自放收。專心致志困學優，小數大義啟奇猷。
席上交鋒兩軍密，炮先搶攻士輔弼。兵臨城下膽寒慄，直搗黃龍過河卒。
弱勢亦能困巨室，妙著真訣莫輕率。此中遊戲嚴規律，車走縱橫馬行日。
若然飛象漢界出，楸枰玉局名不實。必欲所為爭蚌鷸，徒令觀者伐誅筆。
遂念仁義久廢失，街頭奔突豕狼疾。奪勢爭權變本質，滅絕三光昏如漆。
守分隨常基道德，天文地理人倫壹。焉能去就無原則，為政尤應循王術。
局終柯爛轉惶惑，人事風塵聽蕭瑟。

註：《述異記》：「信安郡有石室山，晉時，王質伐木至，見童子數人，棋而歌，質因聽之，童子以一物與質，如棗實，質含之不覺饑，俄傾，童子謂曰：『何不去。』質起，視斧柯爛盡，既歸，無復時人。」

重陽節更名敬老節

佩萸值重九，陽數人敬老；芳菊助延年，乾健永為寶。嘉會享良朋，行觴稱壽考。乘興醉題糕，落帽筆奮藻。晤言得所歡，雅哉古道好！邇來失倫理，憒切莫聲討？暗潮湧墨雲，怵惕心如擣；勢欲太液翻，滿城風雨惱。

因念舊俗淳，素樸誠可抱；惡氣能辟除，家家樂剝棗。

新編乾隆下江南觀後

鼟鼟擊鼓柝，方將開戲幕。清帝江南遊，獅子林中樂。陶然此真趣，倏翻風波惡。徐氏報父仇，滿園驚飛雀。獄中訪窈窕，可憐體綽約。因識宋少炳，曲判冤獄作。奪爵憤御批，鎮遠罪鼎鑊。悲慟躬自悔，乾隆恩何薄。廢然黃金膝，摧沮拜柔弱。天子跪平民，觀者齊錯愕。尊卑失體制，威權已如昨。戲亦如人生，劇情隨附託。時代新民主，往制皆可削。今是而昨非，明政懷磊落。

註：年初，李登輝總統於國家音樂廳公開向二二八受難者家屬行鞠躬禮。

操守

道德零缺點，操守聖同圓。孔子猶不敢，謙謙更法天。奈何冠冕士，不腆自詡賢。排雲羅甲宅，揮桿果嶺巔。爭血蠅頭湧，謀權蟻兵連。黃金遂勝

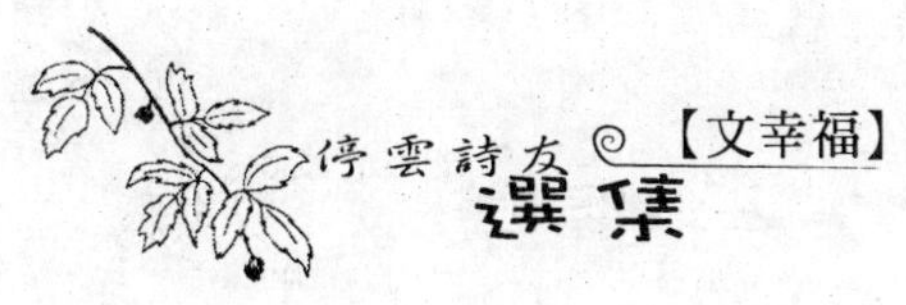

選，黑道古所傳。大車霾塵土，噎噎昏九阡。拜路知幾許，西瓜偎大邊。視聽非自民，公義夙棄蠲。月出狂犬吠，凶凶堯跖顛。洗耳恐難淨，充耳亦霆霆。何如酒一杯，沉醉莫問年。

國代選舉

時空有變易，往者如川逝；改革頻布新，修憲已成勢。先進紛退職，賢能頗凋敝。新枝接舊條，舉賢往聖繼。喧鬧戰雲密，同志相砥礪。雖值剝復秋，鹽梅邦國濟。電視亦開播，宏揚民主制。作秀表心跡，廟口雞頭誓。花招窮變通，脫序失真諦。拭目慎選票，莫使明珠瘞。中華大道統，精神一脈繫。陳力置周行，江山白日麗。

放歌

客來過我所，照膽朱顏酡。攜觴勸一酌，嗷嗷戚促多。輸誠杳燕昭，學道愧維摩。遯跡糟丘臺，泛浪醴泉波。停杯且息慮，請聽醉吟哦。溷濁孰嬰兒？效舌怯鸚哥。日邊鴉聒噪，腐鼠作蹄駝！沐猴飾冠冕，雉雞鳴玉珂。鬥嘴藏金矩，耍戲響銅鑼。爭流亂漯射，激湍起旋渦。李斯嗟上蔡，屈子哀汨羅。仲尼窮途歎，臨歧感鳳歌。浮生太行險，論世願無吪。縱使聲嘶竭，其如麥秀何！

感時二首

狺狺國多狗，酒酸君何有？抱玉空遺恨，疑珠怯回首。青蠅冤垂棘，鴟梟亂讒口；既無比干諫，遂致屈平走。人生何所貴？終始義不否。悟往雖難挽，可追莫左右。李園不正冠，冠倒竟誰受？毋乃滄海流，蕩覆千載後。

其二

古政惟存履冰慄，心期無以身徇物。采葑采菲采善節，那應花落棄其實。縱有微瑕豈礙瑜，偶然一眚莫掩德。吹毛責備祇傷人，積毀不名能銷骨。攀龍得勢誇強力，假虎作威非優質。英明之主貴辨姦，投杼多因謗言塞。脣齒輔車本倚依，安危須仗勿相忽。

註：宋玉〈九辯〉：「猛犬狺狺而迎吠兮，關梁閉而不通。」《韓非子．外儲說右上》：「術之

不行，有故，不殺其狗則酒酸。夫國亦有狗，且左右皆社鼠也。」

雅集

昔者以文會友生，友生輔仁伐木丁；停雲結社賡古意，雅集風流山水盟。短篇長製巧心裁，微吟壓俗古幽情。酒酣高詠評世局，讜論時出四鄰驚。役役此身非吾有，眼糊心鐵竟何成？商販青蠅爭吸血，政潮綠蟻競排兵。宋祖唐宗今誰在？長城萬里豈秦嬴！富貴功名閃石火，神仙恍惚孰可營？歎息已無洗耳翁，孰辨堯跖濁與清？惟有文章動江海，屈陶李杜日月縈。秋風鱸膾隨興適，人生何期世上名？得朋高會當嘯傲，莫辭月下金壺傾。

迎千禧

火樹紫紅藤，牌樓結綵燈。銀蛇燦空絢，金鼓喧龍騰。寰宇競歡慶，美酒勸蘭陵。暫拋煙硝戰，來迎新日昇。海隅期曙光，都野不夜棚。人生不過百，而竟千禧乘。黃金高北斗，豈買繫日繩。當此嘉時節，祝願世清澄；

民主久安治，國運日烝烝；百業榮景氣，五穀報豐登。有情人長健，雙燕
頡頏凌；停雲雅聚客常滿，歌吟戲謔觴共稱。

第十任總統選舉前夕

岐周始肇南山雷，天下振振歸之哉。陟砠登岡訪元凱，懷憂姑酌黃金罍。
繼統施仁八百載，治國原因重賢才。當代不掃燕昭臺，墮淚碑也生莓苔。
依違莫定三民恨，獨夫舊店欲新開。晴空頃刻翻雲墨，繽紛花木風雨摧。
落葉辭枝空有憾，落花成泥亦堪哀。今亦春雷平地響，成叢豔色趁時栽。
迎風搖曳自生姿，野外群英煥彩蕤。枝頭蜂蝶烘烘鬧，採釀薪傳充作媒。
他日芳馥園中主，大地蔥蘢絕氛埃。

綠色執政三首

舊邦立新命，平疇綠野遍。桃李媚時開，色緋堪豔羨。懷人置周行，展轉
風雲變。童子聊備官，國力中衰見。興廢標異聲，隨心徒買名。既失全民

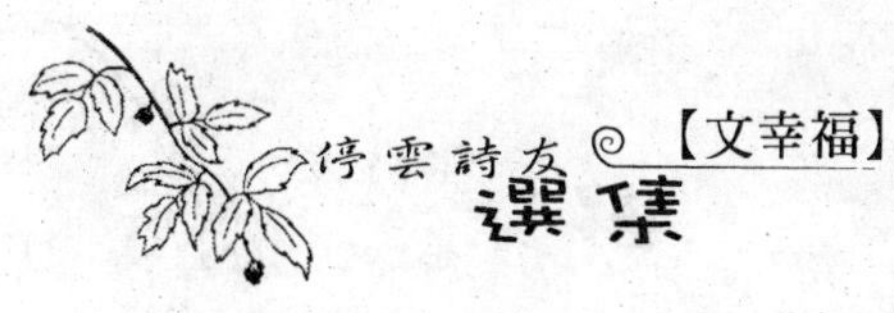

意，尤非島國情。政策宜持續，經驗重傳承。大車頻出入，良謀竟何成？

其二

最憐股票族，淚眼待觳觫。價本高黃金，忽焉賤葵菽。百業亦蕭條，未寒草樹禿。銀行絀銀根，房市市值縮。謾誇經濟奇，人浮易反覆。物事有根緣，因果耀眼前。揭義非爭鬥，敲剝迫使然。奈何輕三戶，古鑑細磨研。危情且未悉，終將人棄躅。

其三

先王明法敕，抱一天下式。聖猶每事問，虛心廣多識。而竟私朋黨，愛憎盡從跡。德音競滔滔，行止幻朝夕。牧民專己志，誰與保社稷？乃知青雲士，從公以古則。操柄慎所發，一謙得四益。遇事勿雌黃，無為言路塞。

世紀大笑話

子彈會轉彎，笑談千百年。科鑑謂奇異，輿論更嘩然。難為陳水扁，痛苦呂秀蓮。嘿嘿深宮怨，沈沈大道偏。誰識堯與跖，過海便神仙。中冓牆有茨，得魚已忘筌。摩西約書亞，鬼胎禍暗延。一窩蛇與鼠，豎子老番癲。

白髮俏倭女，掀裙舞纏緜。睜眼說瞎話，無恥不畏天。老師王八蛋，總統
偽政權。國會垃圾山，法院蟑螂眠。賣臺順口溜，扣帽不費錢。決策變變
變，花招日新鮮。恣情任所慾，公投自導編。西方有美人，軍購億兆千。
牧民不經濟，炒股我來先。庶黎空悵惘，日子活火煎。臺灣怪現象，瘴氣
混污煙。溷濁欲何之，東籬歸植田。臨流好呼嘯，醉臥古松邊。

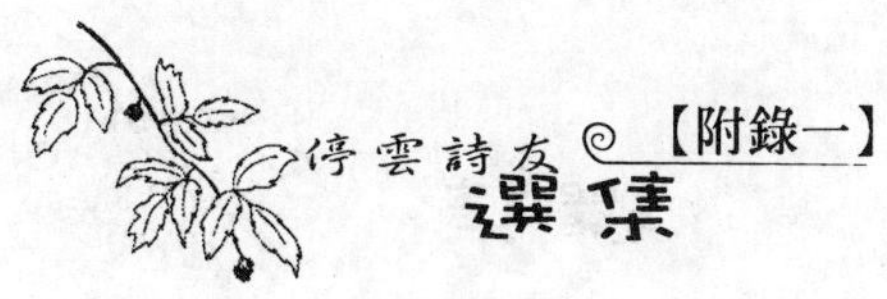

附錄一

高明先生〈八十書懷〉十二首及停雲詩友和韻詩

八十書懷

高明

之一

月光瀲灩滿湖珠，秀挹山川出大儒。贊化宮中嘗苦讀，文遊臺上每嬉驅。
稚心早欲超淮海，獨旆尤歛拜石臞。仰止訖今登八十，徒餘惶愧與欷吁！

之二

四歲開蒙拜聖賢，嚴師課讀奠基先。學庸論孟纔成誦，易禮詩書又熟研。
出塾能為文典雅，遊庠乃得舞蹁躚。當年界尺痕猶在，此日懷思亦泫然。

之三

離家初次赴揚州，嶺上梅花不識愁。負笈金陵除約束，沈酣說部誤潛修。
只因食餅懷深愧，遂至排名拔首籌。從此好書清雜念，南雍乃得任優游。

之四

南雍有幸遇名師，大易弘宣豁宿迷。筆下桐城親絕詣，才高駢句識精奇。
初聞心性傳薪火，又見詩詞互競馳。拜闕更聆章氏學，從茲寢饋永無移。

之五

龍蟠虎踞痛元良，革命追從志四方。避捕潛迎師入滬，遠遊適遘寇侵疆。
精研韜略抗頑敵，時與賢豪說衛防。事變中央忽見召，攀山越嶺撫西羌。

之六

面臨漢藏與夷胞，遍訪周諮不覺勞，跳月山林歌且舞，搜奇洞窟密而高。
勤翻貝葉稍能悟，時轉法輪亦自豪。蹤影秘經存滿篋，南泉一炸數難逃。

之七

教鞭重執在南泉，吟嘯花溪宛若仙。北上岐山經劍閣，西開遠域念張騫。
漢唐遺蹟隨時覓，儒佛藏書是處鐫。關學潛研忽有悟，中華文化永聯綿。

之八

苦戰抗倭歷八年，一朝勝利返園田。待修禮樂開新運，又起烽煙復沛顛。
縹緲鍾山何日見？淒涼南嶽暫時妍。偶思懷讓通禪理，仰望夫之亦可憐。

之九

淪陷蝦夷五十秋，貧窮困頓不勝憂。之無罔識愚民策，征伐頻驅枉死囚。
啟迪試求開慧智，語文導學老編修。痛心此日有成就，翻與宗邦視若讎。

之十

提高文化歷千難，創制初開博士班。遍授群經傳絕學，導研諸子放奇觀。
求真考據通科技，集美辭章耀宇寰。最喜門徒能跨竈，功成百次破吾顏。

之十一

四十年來世較安，晨興夜寐取書餐。陳情奮筆貽同好，創見鳴琴調獨彈。
積稿等身聊自樂，合編叢著與人看。救時有志才難展，更挾餘輝上講壇。

之十二

唯物唯神禍及群，復興文藝起風雲。中華經典多開示，並世賢豪莫不云。
我亦共商朱子學，誰能一挹許君芬？發揚孔道期來日，切盼人間起異軍。

恭祝　高師仲華八秩嵩慶敬步〈八十書懷〉原玉

詩雲詩社詩友

之一　汪中

維揚靈勝水懷珠，淮海旗竿古碩儒。自有鯉庭承贊化，更從皐比著先驅。
頎頎朗似崑山玉，鶴鶴翩如南海鸐。今日春風桃李笑，弦歌雅詠彼吁吁。

之二　羅尚

善誘人人說大賢，師儒淮海莫之先。百年兵革邦多難，四部文章手自研。
無數生徒皆俊傑，比方鸞鳳各蹁躚。九如同獻千秋頌，龍馬精神氣浩然。

之三　邱燮友

自古名家出古州，淮揚才士本多愁。珠湖謄稿承詩曲，禮學尋原繼聖修。
八十書懷言世道，三千弟子盡前籌。桃觴嵩壽陽春歲，聚首同申憶舊游。

之四　王熙元

高風博學是吾師，養育菁莪總不迷。早歲優游心廣闊，頻年著述志恢奇。
章黃絕詣傳薪久，孔孟儒疆駿馬馳。桃李滿園欣暢旺，南山嵩壽斗杓移。

之五　陳新雄

皤皤華髮國之良，量守廬前得矩方。白璧文章人競重，玄亭歲月樂無疆。
聲名熠燿光天下，風骨嶙峋立道防。今日杖朝齊上壽，門徒來享及氐羌。

之六　杜松柏

渡海縈懷物與胞，經筵講劃不辭勞。書城樂擁吟披鑽，學海勤探積漸高。
博議篇成欽指導，鴻文梓刻幸相豪。添籌海屋杖朝日，百爵桃觴醉莫逃。

之七　尤信雄

高郵絳帳在龍泉，儒雅風流真謫仙。北海賢能共景仰，南雍偉駿早騰騫。
八千椿茂同根種，百萬論文已梓鐫。國故發皇章氏業，瓣香歌雅自綿綿。

之八　沈秋雄

文史流觀足永年，芰荷花葉碧田田。憑將淮海經師意，來對瀛州霽色妍。
已逐松柏堅晚節，何妨霜雪撲華顛。栽成桃李三千盛，江上春風動可憐。

之九　張夢機

嘉運杯添瀛嶠秋，濠觀自適百無憂。雄文昔以收韓海，大隱真如赦楚囚。
行見蒲輪禮賢士，早斂經笥邁前修。深心還欲留良辰，四部圖書細校讎。

之十　陳文華

道衰文弊起艱難，淑世如何與古班。幸有鴻儒陳俎豆，欲裁青領作賓觀。
力撐頹夏垂千祀，人沐春風遍九寰。少日搯頭真忝竊，菲材爭得望曾顏。

之十一　顏崑陽

夫子心鄉已得安，書成煮字美成餐。黃縑積稿獨自樂，白雪清音誰與彈。
桃李欣隨競牆出，風雲宜作閉門看。從來有德能高壽，共仰春暉滿杏壇。

之十二　文幸福

氣象初開便不群，真儒百鍊任拏雲。鎔裁雅道揚師說，鉤挈微言樂聖云。
創制最難綿教澤，橫經尤幸挹清芬。風高張禹聲詩頌，獻壽崇宣忝列軍。

附錄二

奉賀汪雨盦先生八十雙壽

壽雨盦八十

陳新雄

日月雙推八十輪。精神最樂葆天真。昭明文選才情茂，書苑英華筆硯親。俯仰無慚寰宇闊，修齊有道典型新。至今五股仍投地，長祝先生歲歲春。

賀汪公社長八十大壽

邱燮友

上庠十二子，結社號停雲。敦品兼勵學，詩道日翻新。共沾碧潭水，題句上陽明。春秋其代序，花木猶青青。前承白蓮社，後繼有蘭亭。敦煌尋古趣，江南採落英。汪公今八十，友儕結集成。華封祝桃觴，長歌萬壽行。

恭賀雨盦社長八秩嵩壽

陳滿銘

青青共春鬥長久，由來偏愛醉醲濃。體健書窮漢魏古，格高詩粹唐宋風。而立早狂傲太白，從心晚閑追赤松。如今盛事頻勸酒，貼額研朱祝孩童。自此更數八千歲，放歌齊聲壽仙翁。

恭祝雨盦師八秩嵩壽

尤信雄

桐城風流士，詩書天下聞，上庠振孔鐸，莊圃種靈椿，陶公為鄰久，昭明是家人，高第盈海內，同沐八千春，已介南山壽，共舉北海樽，仁智長履福，松齡日月新。

壽雨盦師八十

張夢機

蒼溟曾記見揚塵，八秩依然灑脫身。米芾工書才亦大，陶潛好酒性尤淳。

蓬嶠溪壑填胸闊，竹篋詩文積稿珍。祝嘏堪嘆艱跬步，俟芭遙晉素醪頻。

恭壽　雨盦夫子八十敬步　伯元師原玉

文幸福

行藏清畏潔冰輪。素抱天然妙筆真。歲月東籬三徑逸，書家北斗二王親。
昭明道理偏文選，俯仰精神又日新。今夕杖朝閬苑醉，桃觴獻壽祝長春。

奉賀桐城雨盦夫子八十壽慶

黃坤堯

黃山松壽燦年輪。頤養芝雲率性真。瀟灑書函時共仰，風流詩酒慣相親。
蓬萊競進弦歌樂，海嶽均霑雨露新。未與蟠桃參盛宴，香江含醉一園春。

奉申雨盦夫子八十降靈之敬步伯元丈韻

洪肇平

日月行天雨轉輪　詩翁八十更情真　傳經寶島心彌壯　接席芳洲人可親
遠望乾坤猶板盪　老來文字極清新　今逢嶽降傾觴夜　滿座薑花勝卻春

奉賀雨盦方家介眉之壽步伯元詩丈韻

李鴻烈

大氣長噓此日輪　堂堂運轉見天真　顏色八十猶如稚　出處丰儀亦可親
少壯文章已異眾　斑斕筆墨又看新　詩人介壽祇揮酒　我已早儲千甕春

恭賀　雨盦師祖八十雙壽敬步伯元先生原韻

陳武鋼

遐齡耄耋有年輪，去老還童赤子真。人物崢嶸多俊秀，師生和樂一家親。
條條道理出文選，事事昭明更創新。身退德成三徑就，逍遙快樂醉時春。

賀臺灣汪中大師八秩壽慶

杭州錢明鏘

霞觴海屋慶添籌，詩頌南山禮意優。翰苑煙雲憑點染，江山文藻任搜求。
等身著述三千卷，稽古窮研八十秋。洙泗橫經施教澤，春風桃李綠陰稠。

敬步伯元吟丈《壽雨盦八十韻》

杭州錢明鏘

執經請業賴扶輪，落筆生輝妙奪真。八斗雄才聲價重，雙馨德藝道心親。
文竿飄幟風神秀，翰藻蘊芬墨色新。四海吟朋齊祝嘏，椿齡篤祐八千春。

聯

杭州錢明鏘

師術有四　兩岸杏壇推宿老①
民生在三　一竿風雨待安車②

注：①師術有四：《荀子．致仕》：「師術有四……尊嚴而憚，可以為師；耆艾而信，可以為師；誦說而不陵不犯，可以為師；知微而絕，可能為師。」
②民生在三：孫中山《民生主義》：「民生就是人民的生活，社會的生存，國民的生計，群眾的生命。」

奉聞雨盦夫子八十介壽即步伯元丈原玉鵬城歸後

清遠駱雁秋

天地迴環多少輪　栽桃育李最情真
康寧福壽當同賀　益友良師格外親
筆走龍蛇千尺浪　詩書翰墨四時新
崢嶸歲月身猶健　正值風華八十春

奉聞雨盦夫子八十介壽即步伯元丈原玉清遠

廖斌

轉眼華年八十輪　童顏鶴髮更純真
詩歌有趣常吟誦　翰墨濃情自可親
太白遺風君所繼　少陵文采日更新
朝離暮到何須記　耄耋迎來又一春

奉聞雨盦夫子八十介壽即步伯元丈原玉市橋

何永沂

老樹繁花木紀輪　高人情性葆天真
壽筵風雅群賢會　師道尊嚴弟子親
賜我法書光斗室　聆君大教在清新
詩詞學識堪傳世　煮酒還期二十春

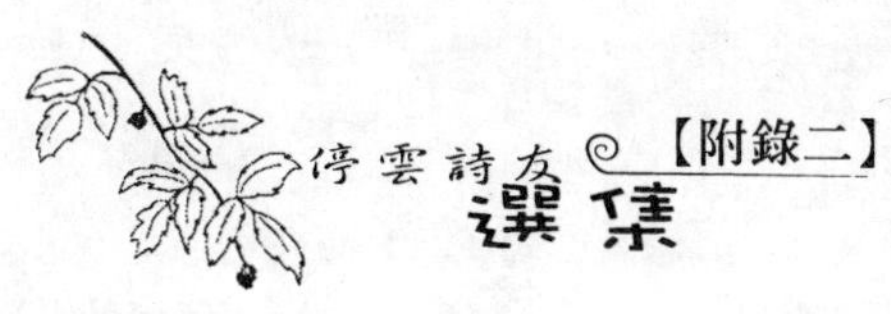

奉聞雨盦夫子八十介壽即步伯元丈原玉羊城杏花村

李平

大愛無言萬轉輪　高情益壽最天真　詩心善待騷人傲　劍膽難迎佞客親
桃李年年相照映　河山歲歲正清新　生花筆寫高陽頌　豪氣倚天不老春

奉聞雨盦夫子八十介壽即步伯元丈原玉郴州永興

李經綸

滄海通明月一輪　南風輕擁老天真　胸容萬物情無減　師道群英意最親
國藝拏雲兩岸羨　精光盈野百年新　無慙俯仰開天目　八十人生又一春

奉讀前題步韻有懷雨盦師

陳樹衡

桃李春風處士輪　東坡彭澤世間真　簾櫳漫卷清暉暎　鶼鰈提攜白髮親
羲獻河南敷翰逸　詩騷子美感懷新　綠紗門巷多年事　風後煙雲憶醉春

國家圖書館出版品預行編目資料

停雲詩友選集／汪中等合著. -- 初版 -- 臺北市：萬卷樓，2006[民 95]

面；　　公分

ISBN 978－957－739－566－5 (平裝)

831.86　　　　95008146

停雲詩友選集

合　　著：汪中等

發 行 人：許素真

出 版 者：萬卷樓圖書股份有限公司

臺北市羅斯福路二段 41 號 6 樓之 3

電話(02)23216565・23952992

傳真(02)23944113

劃撥帳號 15624015

出版登記證：新聞局局版臺業字第 5655 號

網　　址：http://www.wanjuan.com.tw

E－mail　：wanjuan@tpts5.seed.net.tw

承印廠商：晟齊實業有限公司

定　　價：160 元

出版日期：2006 年 9 月初版

ISBN-13：978－957－739－566－5

ISBN-10：957－739－566－X